長夜

LONG NIGHT

他們把寂寞藏在長長的黑夜裡，
世界安靜得只剩下眼淚墜落的聲音。

晨羽

暖淚系
青春愛情天后

出・版・緣・起

三百六十度全媒體出版

城邦原創創辦人　何飛鵬

當數位變革浪潮風起雲湧之際，做爲一個紙本出版人，我就開始預想會不會有數位原生內容出版社出現？如果會的話，數位原生出版會以什麼樣貌出現？而我又將如何面對這種數位原生出版行爲？

就在這個時候，我看到了大陸的起點網，這個線上創作平台，聚集了無數的寫手，形成數量龐大的創作內容，無數的素人作家在此找到了夢許之地，也成就了一個創作與閱讀的交流平台，而手機付費閱讀的習慣養成，更讓起點網成爲全世界獨一無二、有生意模式的創作閱讀平台。

基於這樣的想像，我們決定在繁體中文世界打造另一個線上創作平台，這就是POPO原創網誕生的背景。

做爲一個後進者，再加上我們源自紙本出版工作者，因此我們在POPO上增加了許多的新功能，除了必備的創作機制之外，專業編輯的協助必不可少，因此我們保留了實體出版的編輯角色，讓有心成爲專業作家的人，能夠得到編輯的協助，我們會觀察寫作者的內容、進度，選擇有潛力的創作者，給予意見，並在正式收費出版之前，進行最終的包裝，並適當的加入行銷概念，讓讀者能快速認識作者與作品。

這就是POPO原創平台，一個集全素人創作、編輯、公開發行、閱讀、收費與互動的一條龍全數位的價値鏈。

經過這些年的實驗之後，POPO已成功的培養出一些線上原創作者，也擁有部分對新生事物好奇的讀者，不過我們也看到其中的不足—我們並未提供紙本出版服務。

眞實世界中，仍有許多作家用紙寫作，還有更多讀者習慣紙本閱讀，如果我們只提供線上服務，似乎仍有缺憾。

爲此我們決定拼上最後一塊全媒體出版的拼圖，爲創作者再提供紙本出版的服務，讓所有在線上創作的作家、作品，有機會用紙本媒介與讀者溝通，這是POPO原創紙本出版品的由來。

如果說線上創作是無門檻的出版行爲，而紙本則有門檻的限制，線上世界寫作只要有心，就能上網、就可露出，就有人會閱讀，沒有印刷成本的門檻限制。可是回到紙本，門檻限制依舊在。因此，我們會針對POPO原創網上適合紙本出版的作品，提供紙本出版的服務，我們無法讓所有線上作品都有線下紙本出版品，但我們開啟一種可能，也讓

POPO原創網完成了「三百六十度全媒體出版」的完整產業及閱讀鏈。

不過我們的紙本出版服務，與線下出版社仍有不同，我們提供了不同規格的紙本出版服務：（一）符合紙本出版規格的大眾出版品，門檻在三千本以上。（二）印刷規格在五百到二千本之間的試驗型出版品。（三）五百本以下，少量的限量出版品。

我們的宗旨是：「替作者圓夢，替讀者服務」，在作者與讀者之間搭起一座無障礙橋梁。

我們的信念是：「一日出版人，終生出版人」、「內容永有、書本不死、只是轉型、只是改變」。

我們更相信：知識是改變一個人、一個組織、一個社會、一個國家的起點。讓想像實現、讓創意露出、讓經驗傳承、讓知識留存。我手寫我思，我手寫我見，我手寫我知，我手寫我創，變成一本本的書，這是人類持續向前的動力。

我們永遠是「讀書花園的園丁」，不論實體或虛擬、線上或線下、紙本或數位，我們永遠在，城邦、POPO原創永遠是閱讀世界的一顆螺絲釘。

目錄

你知道我陷在怎樣的寂寞裡，
你只肯跳進來，
卻不肯把我拉出去。

——十一郎

Chapter 1 許宥葦。

陪你到日出　把你看清楚
哭得累了的你看來睡得好無辜
在你耳邊輕輕說出最後的要求
不要對他說出一樣的話

張信哲〈不要對他說〉
詞：王中言　曲：黃國倫

今天已經是第三天了。

自從知道那個男人住在哪裡之後，她隔天就開始跟蹤對方回家，以不遠也不近的距離小心翼翼地尾隨其後。

男人走進一棟老舊的住宅大樓，「砰」的一聲關上鐵門。她站在大樓對面，抬頭仰望每一層樓的窗子，心裡不免好奇，不知道男人的家裡會是什麼模樣？同時忍不住猜想，此刻他踏上了第幾樓的台階？

這時，一名機車騎士載著一名短髮女孩駛近，停在那棟大樓的門口。

機車騎士停好車，直接伸手就將大樓鐵門推開，與短髮女孩一塊走了進去。

她猶疑半晌，才跟著走到門前輕輕一推，門果然輕易地打開了，她這才發現鐵門上的四段鎖已經故障，就算闔上門，也無法自動上鎖。

她不禁牽動嘴角，心頭湧上一絲興奮和喜悅。

但她沒有進去，反而輕輕掩上了門，掉頭離開。

直到隔天，她又跟蹤那個男人來到這棟大樓，才尾隨他溜進樓裡。

由於隔了一小段距離，男人從頭到尾都沒有發現有人跟著他進了樓。

男人在五樓一扇門前站定，掏出鑰匙開門，她屏息站在四樓的樓梯間，透過間隙望著他。直到他進屋十分鐘後，她才躡手躡腳地站在男人家門前，仔細觀察起來。

這棟大樓一共有六層，男人就住在第五層。

面前的暗紅色鐵門斑駁生鏽，白色內門也已經泛黃掉漆，和她想像中很不一樣，她原以爲對方住的地方會看起來更體面、更有「個性」一點。

此時已是深夜十一點半，她不曉得男人是否會再出門。

但無論如何，她已經知道他所居住的樓層，也可以自由進出這棟大樓，如此一來，明天就不必待在外頭吹冷風了。這麼一想，她竟有些心滿意足。

隔日，她便不再到男人上班的地方等待，而是算準他的下班時間，早一步先跑來大樓等他回來。

只要聽見鐵門關門聲自一樓傳來，她就會從六樓的樓梯間往下窺探，確認是不是男人回家了。

而今天，是她坐在這裡等待的第三天。

她一邊吃著熱騰騰的關東煮，一邊低頭滑手機，覺得累了，就抬頭環顧四周，站起來舒展四肢。

醜陋的壁癌布滿一整片白牆，天花板有幾處還垂掛著蜘蛛網，她不禁納悶，怎麼會有人願意住在這麼破舊的大樓裡？這棟大樓無時無刻不散發出一股冷清的感覺，彷彿隨時都會有幽靈跑出來似的，十分陰森恐怖。

一陣冷風從樓梯間大敞的窗戶吹來，打斷了她的想像，她瑟瑟打了個哆嗦，眼角餘光瞄到一旁的灰色鐵門。

等待樓下男人回家的這三天，她不曾見過有人從六樓的這扇門進出。

不曉得是住在裡頭的人出遠門，還是這戶根本就沒人居住，不管怎樣，沒人在也好，這樣就不會有人發現她守在這裡了。

打了個呵欠，她繼續玩手機，不時點開臉書查看，頁面始終停在一個女人的個人專頁上。

沒多久，她的目光忽然定住，牢牢地盯著手機，那個女人更新動態了。

一張照片無預警地竄進她的視線，讓她頓時全身一僵。

照片裡的女人，雙手捧著插上蠟燭的生日蛋糕，與一個男人站在一塊。

男人十分親暱地摟住女人的肩，並且親吻她的臉頰，兩人臉上帶著笑，表情洋溢著滿滿幸福。

今天真的很開心，謝謝大家的祝福。

今年最最最讓我感到幸福的事，就是遇見了我的北鼻。

親愛的北鼻，謝謝你給我的驚喜，害我感動到哭惹……希望往後的生日，都能有你陪在我的身邊，我愛尼：）——覺得被愛。

這篇動態才發布短短一分鐘，底下就湧入了許多留言。

「生日快樂，你們要幸福喔～」

「甜到長螞蟻啦！」

「好羨慕喔，生日快樂！」

「超閃der～」

一則又一則的回應與祝福映入眼簾，讓她心頭登時湧上一股強烈的憎惡，渾身血液瞬間往頭頂直衝，久久無法將視線從手機螢幕上移開。

她像個木頭人般僵立不動，儘管低溫使她的手指冰冷一片，她依舊顫抖著手，在留言欄裡快速打出一連串字句：「小三小三小三小三小三！」

她呼吸急促，恨不得撕爛照片裡那女人噁心做作的笑臉，讓全世界都知道那女人是多麼不要臉，又有多麼不知廉恥！

但就在發送留言的前一刻，她的食指懸在半空中，遲遲沒有落下。

百般複雜的情緒在她的胸口翻攪，像是掀起一波波滔天巨浪，使她久久無法平息。

就在這時，一陣腳步聲從一樓大門傳了過來。

她倏地回神，緇緊神經，低頭往樓下看去。

住在五樓的男人站在門前，拿出鑰匙準備開門。

從她的角度向下看，剛好可以從正上方看到他戴著的黑色頭巾，以及他脖子上被外套領口遮住一半的褐色刺青，她的臉不由得一熱，喉嚨乾澀。

她緊張地做了幾次深呼吸，站起身來，打算張口喊他的名字。

沒想到還來不及出聲，男人已經將門關上，走進屋裡。

她明白自己終究無法提起勇氣，忍不住懊惱地低嘆了聲，憤而將關東煮的空杯往牆壁砸去，氣得紅了眼眶。

接下來的第四天及第五天，她仍然只能眼睜睜地看著男人從她面前走進屋裡。

到了第七天，她終於受不了，給自己下了最後通牒。

今天，她一定要把那男人叫住，沒有把話告訴他，她絕對不回去！

午夜十二點，男人還沒回來。

凌晨一點，她的意識逐漸模糊，無論再怎麼用力揉眼睛，也揉不去濃濃睡意。

就在神思恍然之際，她靠著牆闔上眼皮，不自覺昏沉睡去。

「小姐，小姐！」

一道清亮的嗓音喚醒了她。

昏暗中，她看見眼前有一團模糊人影。

她用力眨了眨眼，才看清是一名穿著帽T的年輕男子正在搖晃她的肩膀。她嚇了一大跳，環顧四周，意識到自己還身處於這棟大樓裡。

她警戒的朝對方喊道：「你是誰呀，在這裡幹麼？你想要做什麼？」

男子盯著她不發一語，默默指向她身旁的灰色鐵門，「這裡是我家。」

「你家？」她愣住，語氣狐疑，「真的嗎？可是我坐在這裡七天了，從沒看過半個人進出，也完全沒聽到屋裡有任何動靜啊！」

聞言，男子微微揚起眉，原本平靜無波的面容，出現了一絲變化。

「妳在這裡坐了七天？」

「對呀！」

「妳是這棟大樓的住戶？」

「不是呀！」

對方再度陷入沉默。

見他從褲子口袋抽出手機，她連忙驚慌阻止，「等一下，你該不會要報警吧？我不是什麼可疑人物啦！我什麼也沒做，就只是晚上坐在這裡而已，真的什麼也沒做！」

「妳怎麼進來的？」他的聲音添上了一分冷硬。

「一樓鐵門的鎖故障，所以我……」

男子眸光銳利，「妳打算做什麼？」

她兩手緊抓長裙側襬，咬住下唇，一言不發。

此時一道強光突然刺進她的瞳孔，她難受的瞇起雙眼，等到習慣光線以後才慢慢睜開。

原來是男子將樓梯間的日光燈打開，連同照亮了他的臉。她有些驚訝地發現，男子有一雙十分漂亮的眼睛，瞳孔顏色比一般人還要來得淡，就像清水一樣澄澈晶亮，他的嘴唇細薄，鼻子直挺，有著一張宛如混血兒的面孔。

從外表來看，他的年齡應該和她沒差多少，以男生的個頭來說，他不算太高，但還是高過她一顆頭。

不曉得是否燈光太亮，他的臉乍看之下顯得特別蒼白，沒什麼血色，他身上穿著一件墨綠色帽T，肩膀跟帽子的部分溼溼的，像是剛淋了一場雨回來。

「妳再不回答，我就報警了。」他沉聲威脅。

「唉唷，你別這麼凶嘛！」她焦急地擺擺手，吞吞吐吐說道：「我……我不能說啦！」

他瞇起眼眸，「爲什麼？」

「除、除非你保證不會報警，我才考慮告訴你！」她抬起下巴，眼神執拗。

男子輕笑一聲，「小姐，妳是不是沒搞清楚狀況？妳擅自闖進大樓，又莫名其妙大半夜的坐在我家門口，憑什麼和我談條件？妳要是不解釋，我也沒興趣打探，但妳若再不走，我就要馬上報警了。」

「好嘛好嘛，知道了啦，不過就是坐在你家門口而已，又沒做什麼壞事，奇怪！」她不滿地咕噥，抓起身旁的包包，正要邁步離開之際，又倏地停下，回頭問：「欸，你明天會找房東來嗎？」

他擰眉，不解地望著她。

「可不可以別告訴房東一樓門鎖故障的事呀？」

「……爲什麼？」

「因爲房東如果把鎖換掉，我就進不來啦！」

看著眼前的女子私闖民宅還一副理直氣壯的模樣，他實在不知道該生氣還是該笑。

「謝謝妳的提醒。除了通知房東換鎖之外，我還會告訴房東這裡半夜曾有可疑人士出沒，請他轉告大家注意。」他冷冷地回應，掏出鑰匙打開門鎖進屋，半句話也不跟她多說，迅速將門帶上。

她一時之間無法反應，頓了一下才走下五樓，在那名有著刺青的男子家門前佇立了一會兒，才沮喪地走到一樓大門。

時間已經將近凌晨三點。

大樓外的世界正在下雨，她看著雨，想起剛才被淋溼的那個帽T男。

難道他平常都在這個時間點回家？難怪自己整整一個禮拜都沒遇見過他。

想到之後不能再隨意進出這棟大樓，不禁讓她有些煩躁。

隔天，她依舊來到大樓附近，正苦惱該如何進門時，沒想到正好遇見五樓男人直接推開大門走了進去。

她等了一陣才上前確認，發現鐵門還未經過修理，隨即驚喜地鑽了進去。

晚上十一點二十分，六樓的住戶鐵門被人打開。

男子走出家門，無意間瞥見樓梯口幽暗處坐著一道身影，當場嚇了一跳，臉色一沉。

「嗨。」她抬起頭，對那名有雙漂亮眼睛的男子輕輕揮手示意，「不好意思……我又來了。」

男子嘆了口氣，無言地望著面前這位私闖民宅的累犯。

「我還以爲你已經找房東把鎖換掉了。」她露出不好意思的笑容，視線在他的白色帽T上打轉，接著又朝屋內好奇瞄了一眼，「你今天都待在家呀？」

他面色冷峻地瞪視著她。

「你要出門？現在很晚了耶。啊，外頭在下雨，記得帶傘。」

「……」

「我叫許宥葦。」

「我沒有想知道妳的名字。」男子的語氣略顯無力。

「別這樣嘛，我眞的只是在你這裡借坐一下，又沒有要做什麼壞事。」她從背包抽出一包零嘴遞給他，「你要不要吃魷魚絲？」

「妳在這裡待多久了？」他不理會她。

「快一個小時了。」

「專程跑來這裡吃東西是妳的嗜好？」

「才不是呢，誰會沒事在這麼冷的天氣待在這裡呀？等人的時候，當然要一邊吃零嘴一邊玩手機，才不會無聊呀！」

男子聽到重點，眉頭微挑，「妳在等誰？」

許宥葦張著口還沒回答，就被一陣從樓下傳來的高跟鞋扣扣聲硬生生打斷。

高跟鞋的蹬音逐漸朝他們走近，許宥葦一把將身旁的男子用力拽到背後，往下探頭一看，只見一道曼妙身影站定在五樓男子家門前。

許宥葦屏息盯著那女人，還不忘回頭對身後的帽T男比了個噤聲的手勢。

樓下的女子打扮入時，一身乾淨合身的白色套裝，襯托出她纖瘦姣好的身材，但可能是常穿高跟鞋的緣故，她的小腿肌肉顯得較爲結實突出，即使隔著一些距離，仍是可以看見女子腳趾頭搽著鮮艷的紅色指甲油。

許宥葦沒有看見她的長相，心中卻直覺認定這個女人年齡應該有三十五歲以上。

在這樣的深夜，一名穿著打扮華貴的女子出現在這棟髒兮兮的老舊大樓，實在有些突兀。

女人一手拎著LV包包，一手按下門鈴，接著撥了撥一頭長髮，靜靜在門前等候。

不一會兒，那扇暗紅色的鐵門打開了。

一見男子高䠷的身影出現，許宥葦呼吸頓時一窒，心跳不受控制地加快起來。

白衣女子看到男子前來開門，十分高興，熱情激動地喚：「Andrea！」

反觀那名男子臉上卻完全沒有任何興奮之情，宛如一尊面無表情的冰冷雕像。

「我嚇到你了嗎？因爲你的電話一直打不通，我只好直接過來找你了。」女子軟言軟語地撒嬌。

男人口氣不帶一絲感情，「妳怎麼知道這裡的？」

「這有什麼難的，向你那些朋友打聽一下，不就知道了嗎？」她往前一步想要進屋，不料卻被對方迅速擋下。

女人一怔，輕笑一聲：「我不能進去嗎？」

「請回吧。」他毫不留情地下了逐客令。

「你生氣了？是因爲我沒知會你就擅自跑來的關係嗎？」女人聲音一緊，「還是……你屋子裡有其他女人？」

「我的屋子不會有女人，我從不讓任何人進來這裡，尤其是客人。」他又重複了一次：「請回吧。」

「Andrea，我沒有地方可去了！」女人態度丕變，突地抓住他的臂膀，一副泫然欲泣的模樣，「這幾天沒看到你，我好寂寞，我眞的好想你，難道你都不想念我嗎？讓我待在你這好不好？我想跟你在一起……」

「江小姐，我對擔任小王沒有興趣。寂寞的話，請回到妳先生身邊去，妳還有孩子在家等妳。」

女人聞言，開始歇斯底里地哭喊：「你怎麼可以說這種話？我那麼愛你，先前爲你做的一切難道你都不在乎嗎？Andrea，我跟我老公是不可能了，跟他在一起我每天都痛苦得想死，我的心裡只有你，求求你別離開我，我不能沒有你！」

說完，她往男人身上一撲，在他懷裡哭得悲戚。

許宥葦在樓上望著這一幕，看得出了神。

她暗自慶幸樓梯間的燈沒有全開，那兩人才未察覺有人正在偷窺他們。

男人將女人一把推開，並沒有因爲她落淚而有所動搖，「請回吧，以後別再來了。還有，妳並沒有爲我做過什麼，妳給我朋友的那些東西，從頭到尾都與我無關，我並沒有欠妳。既然沒有工作上的事，我們就沒有繼續往來的必要了。」

關上鐵門前，男人冷冷丟下一句：「謝謝惠顧。」

女人站在門外放聲大哭，呼喚男人的名字許久，鐵門卻再也沒有打開。過了一會兒，她才終於死心，帶著紅腫的雙眼黯然離去。

大樓再度回歸一片寂靜。

許宥葦這時才發現身後的帽T男也站上階梯跟著觀看樓下這精彩的一幕，她仰起頭，對他好奇問道：「欸，你叫什麼名字呀？」

他皺眉睨她一眼，「……爲什麼要在這時候問這個問題？」

「因爲我還不知道你的名字啊，不然我要怎麼叫你？」

帽T男沒有回答，他跨下階梯，朝五樓鐵門瞥了瞥，「妳在等剛才那個男的？」

許宥葦吶吶地低頭默認。

「幹麼不直接去找他？」

她頭垂得更低，不發一語。

見她神情低落，他便止住聲，不再追問。

「如果妳今天不打算找他，就回去吧，別繼續坐在這裡了。」他轉身就要進屋。

許宥葦連忙開口：「你不是要出去嗎？」

「不去了。」

「爲什麼？」

「沒爲什麼。」

「可是你還沒告訴我你的名字耶！」

他一頓，露出納悶的眼神。

「你不告訴我你的名字，那我就直接叫你帽T男嘍，帽T男！」許宥葦話音剛落，男子正好將門關上，對她來個置之不理。

結果這一天，她還是沒和五樓的男人說到話。

方才聽到住在五樓的男人和那位白衣女子的對談，她的心情其實有些複雜。

氣。

儘管如此，她卻不想就此放棄，仍然想要繼續等待下去，她相信自己一定能鼓起勇氣。

隔天夜裡，許宥葦摁下六樓的門鈴。

一看到男子出來應門，她忍不住噗哧一聲，當場哈哈大笑。

「笑屁啊？」男子不悅地瞪著她。

許宥葦指著他的衣服說道：「好有趣，你今天換成紅色的耶！欸，你為什麼每天都要穿帽T呀？該不會你房間的衣櫥裡，全都是這種款式的衣服吧？」

「妳到底要幹麼？」他一臉淡漠，語氣有些不善。

「我想跟你要點熱開水，我剛剛買了杯麵，可是忘記泡好再帶過來吃了。」

「直接生吃啊。」

「這又不是王子麵！拜託，借我一點熱開水嘛，我肚子好餓喔，樓梯間又那麼冷，你就好心讓我吃碗泡麵，暖暖身子嘛！」

他不耐煩地接過，片刻之後端出一碗熱騰騰的泡麵，許宥葦開心地拍手歡呼，捧著麵坐回樓梯口，大口大口吃了起來。

男子倚在門邊看著她，「妳還要等？」

「嗯。」許宥葦點點頭。

「我不懂，妳這樣做有什麼意義？」

「誰說做什麼事都一定要有意義？」她眨眨眼。

許宥葦毫無猶豫的回答令他一時語塞，不知道該如何回應。

不過見她似乎也沒有要做出什麼危害他人的危險舉動，那就隨她去吧。

「帽T男，我這裡有巧克力，你要不要吃？」許宥葦忽然開口。

「不必了。」

「可是人家一個人坐在這裡很無聊，你閒著也是閒著，乾脆出來一起陪我聊個天吧！」

「我看起來很閒嗎？」

「哈哈，反正又還沒到期末考，應該不怎麼忙吧？對了，你是哪間學校的？該不會跟我一樣也是大三吧？」許宥葦將他從頭到腳細細打量一遍，視線移回他白淨的五官，「難道……你不是大學生？可是你明明看起來跟我差不多大呀，你到底幾歲呀？」

「我不想回答妳。」他語調維持一貫的冷淡，「如果沒什麼重要的事，以後別再隨便摁我家的門鈴了，聽到沒？」

男子關上門，樓梯間迴盪著關門聲響的清冷回音。許宥葦噘起小嘴，深刻感受到男子極度自我防衛，只是稍微問起他的私事，他的眼神便即刻轉爲戒備，甚至還帶著些不容許探問的冷冽。

她聳了聳肩，低頭喝了一口麵湯。

經過連日以來的觀察，除了上次的白衣女子之外，許宥葦就再也沒見過其他人出現在五樓門口。

帽T男似乎很保護自己的隱私，而住在五樓的那個男人似乎也很有自己的原則。從這一點來看，帽T男和五樓的男人還眞有點相像。

許宥葦沒有告訴帽T男，其實早在半個小時前，五樓男人就已經走進家門。

但她還是沒有叫住他，依然和往常一樣，安靜地看著他的身影消失在門後。

「我不懂，妳這樣做有什麼意義？」

吃著吃著，她拿著筷子的手停了下來，擱在大腿上。

視線落到身旁的手機，有那麼一瞬間，許宥葦忽然想不起自己坐在這裡的目的，自己到底又在堅持什麼？

她究竟想要挽回些什麼？

男子套上黑色帽T，轉身拉開房間窗簾。

外面一片霪雨霏霏，天空卻不見一絲陰晦，反而燦亮如晴。

見雨勢不大，他戴上衣帽，打開家門，一眼望見蜷縮在樓梯口的小小身影時，停下了腳步。

對於許宥葦常像這樣在他家樓梯口坐著的情景，他早已見怪不怪，只是沒想到她會連週六的白天也出現在這裡。

這次她不像往常抱著零食吃，也沒有主動向他打招呼，而是將頭埋進雙臂之間動也不動。

許宥葦頭戴紅色毛帽，身穿雪白色羽絨外套，下身一件黑色牛仔長裙配上一雙繽紛的彩色毛襪，腳下穿著深褐色直筒靴。她那頭大波浪捲的茶色長髮，乍看下像是一片滑順的絲綢披在她肩上。

他不曉得許宥葦在這待了多久，不過她這副無精打采的模樣，他還是頭一次看到，忍不住上前低喚她一聲。

許宥葦落寞地抬起頭，蒼白的臉蛋更加清楚襯出她泛紅的眼眶。
他一愣，不知為何，忽然直覺地聯想起那名住在五樓的男人。
「妳去找他了？」
許宥緊抿雙唇，半晌才啞著聲問：「你要去哪裡？」
「打工。」
看她並沒有要開口的意思，他也不再多問，直接越過她下了樓。
當他牽著停放在大樓門口的腳踏車，正準備跨上車的那一刻，卻聽見樓梯間傳來一陣急促的腳步聲。
「帽T男，等一下！」許宥葦拎著包包追了出來，「我跟你去！」
他神情愕然，「妳要跟我去打工？」
「對！」
「不行。」
「不管！」許宥葦張開雙手擋住他，「你若不讓我跟，我也不讓你走！」
他正要厲聲拒絕，卻發現許宥葦呼吸紊亂，眼角還泛著淚光。
她像是鐵了心似的不容許他拒絕，無論如何，她今天就是跟定了他。
雙方陷入一陣僵持，他牽著腳踏車進退不得，雨勢逐漸變大，雨珠不斷打落在她單薄嬌小的身子上。

最後，他只好無奈地把腳踏車牽回原處，直接往巷口走去。

許宥葦見狀，匆匆拿出折疊傘跟上。

兩人就這麼一前一後走在濡溼的柏油路上，沒有人開口說一句話。

許宥葦盯著他拉起帽T的帽子戴上，不解地想著，他為何寧可淋雨也不願撐傘，況且現在的雨勢不小，從他走路的速度來看，也絲毫沒有要躲雨的意思。

離開了巷子，帽T男走進一間便利商店，買了一盒森永牛奶糖，又邁開步伐繼續向前走。

許宥葦完全不知道他要走去哪裡，他也沒有回頭跟她說話，彷彿將她當成空氣一樣視若無睹。

走了將近二十多分鐘之後，許宥葦再也受不了，停下大喊：「喂，帽T男，你到底還要走多久呀？我們都走快半個小時了，既然這麼遠，為什麼一開始不早說？這樣一直走很累你知不知道？我不要走了啦！」

帽T男頭也不回，對她的抱怨置若罔聞，似乎用背影無聲地回應她：慢走不送。

許宥葦等不到回覆，氣得不停跺腳，最後仍不甘心地跟了上去。

直到兩人拐進一條小巷，帽T男才在一間建築物前停下腳步，拉下衣帽，走了進去。

許宥葦抬頭一看，發現那並不是一般住家，而是一間小吃店。

貼在玻璃門上的告示，清楚寫著還有十分鐘才營業，看他那麼泰然自若地走進去，表示他打工的地方應該就是這兒沒錯。

許宥葦輕輕拉開小吃店的門，撥開門簾一角，想看看帽T男在裡頭做些什麼。

當她從縫隙中瞥見黑色帽T的背影，忍不住出聲呼喚：「喂，帽T男。」

他回眸看見許宥葦出現，再度蹙起眉頭，擺出一副「妳怎麼還在」的表情。

一名年約十歲的男孩坐在帽T男的身邊，手上拿的正是他剛才在便利商店買的牛奶糖。

實在拿許宥葦沒辦法，他也只能讓她就這麼在店裡待了下來。

小吃店老闆娘是個身材微胖的中年婦人，個性和善可親，講話帶著一點獨特的腔調及口音，許宥葦一聽就知道老闆娘不是台灣人。

正午時分，用餐客人絡繹不絕，老闆娘忙著煮菜切菜，帽T男則負責幫客人點餐，而那名小男孩也會幫忙端盤、收碗，只是動作相當遲緩，也從不開口說話，總是頭低低的不敢與客人對上視線，似乎並不擅長與人互動。

坐在角落的許宥葦靜靜觀察著老闆娘和小男孩，一時之間實在看不出帽T男和他們有什麼特殊關係，也摸不透爲何他會選擇來這裡打工？

禁不起陣陣菜香撲鼻而來，許宥葦的肚子也跟著咕咕叫了起來。

視線掃過貼在牆上的菜單，她舉起手，朝站在她前方不遠處的那人喊道：「帽T男，我要點餐！」

他頓了一頓，往這裡走來，許宥葦隨即說出一連串菜名：「我要蝦仁炒飯、豬血湯。小菜要海帶、豬耳朵、滷蛋跟豆干，再來一份炒高麗菜，謝謝嘍！」

帽T男低頭抄寫，離開前不忘白她一眼。

午餐尖峰時間一過，店內客人也少了大半。

許宥葦填飽肚子，滿足地擦了擦嘴，看到那個小男孩正在前桌收盤子，立即伸手叫喚：「弟弟，這邊也可以收了唷！」

沒想到小男孩一聽到她的呼喊，嚇了一大跳，惶恐地瞪大眼睛盯著她，驚慌失措地衝向老闆娘，往她身後躲了起來。

許宥葦手還舉在半空中，一臉莫名其妙，沒多久帽T男走過來，收走了她的碗盤。

面對她疑惑的眼神，帽T男也沒有要解釋的意思，彷彿並未看見剛才那一幕。

兩點半左右，老闆娘告訴帽T男，他可以先離開了。

許宥葦聞言，臉色一喜，揉了揉早已坐到痠麻的屁股，卻聽見帽T男回答要幫忙洗完所有碗盤再走，讓她差點沒當場腿軟。

「沒關係，阿清你先走吧，別讓人家等太久。」老闆娘笑盈盈地望向許宥葦，從圍裙口袋裡拿出一包東西給他，「來，這是今天的薪資。」

「阿姨，跟妳說過不用放在信封袋給我的。」

「不行，一定要這樣，只是信封而已，不用花多少錢的。」老闆娘語氣堅持，隨後教小男孩跟他們說再見。

男孩高興地向帽T男揮手道別，但目光一對上許宥葦時，一張小臉仍是寫滿緊張不安。

外頭還在下著雨，許宥葦看著他又將衣帽戴上。這次她不再跟在後頭，而是直接走在他旁邊。

「帽T男，你叫『阿ㄑㄧㄥ』？我好像聽到老闆娘這樣叫你，是哪個『ㄑㄧㄥ』？清水的清，還是青草的青？」

他不予理會。

「告訴我嘛！對了，那個小弟弟是誰呀？」

「老闆娘的兒子，看不出來？」他涼涼地回。

「我當然有猜到呀，不過他看起來好像有點怪怪的，又不說話，動作也有些遲鈍，還有，那位老闆娘不是台灣人吧？她是從哪裡來的？」

「越南。」

「我就知道她是外籍新娘，怪不得腔調這麼奇怪，我一開始還聽不太懂她的中文呢，哈哈！」

帽T男停下腳步，冷冷地望著她，「注意妳的態度。」

許宥葦呆了一下，待他一邁開步伐，連忙急著追上，「喂，帽T男，我不是在取笑老闆娘啦，我只是——」

「我不想聽。」

「好嘛好嘛，是我不對，我道歉。我請你喝咖啡當作賠罪，好不好？」

「我不想喝。」

「可是我想喝呀，不管啦，人家等你等了這麼久，吭都沒吭一聲，現在換你陪我一小時，不算過分吧？」

見他一陣無言，許宥葦總算逮住機會，趁對方還沒來得及回絕，硬是將他拉出這場雨中。

兩人坐在一間連鎖咖啡店裡。

阿清沉著臉，望向窗外默默不語，原本心裡滿滿的不耐，卻在不知不覺間，被這片寧靜的雨景吸走了注意力。

隨後，他也注意到本來聒噪不休的許宥葦，有好一段時間沒有開口說話了。

阿清轉頭盯著她，只見她低頭捧著馬克杯，眼神放空，心思不知道神遊去哪了。

他實在搞不懂這個女生在想什麼，剛才明明嚷著想喝咖啡，現在手裡拿的卻是熱牛奶。此刻，許宥葦的表情也變回今早他在樓梯口發現她時的模樣，兩眼無神，沒有半點生氣。

他心想，也許她已經去見過五樓那個男人了。

雖然不曉得她和那個男人之間發生了什麼事，但回想起許宥葦早上明顯哭過的泛紅眼眶，對於他們相談後的結果，多少也了然於心，畢竟那名男子冷酷拒絕別人的樣子，他也親眼見識過。

思及此，他心中原先對許宥葦不快的情緒，也隨之消散了一些。

「帽T男。」良久，許宥葦打破沉默，抬起頭來，「我們來交換祕密，好不好？」

「什麼？」

「就是我告訴你我的祕密，你也告訴我你的祕密。」

「我知道妳的意思，可是爲什麼要這麼做？」

「這樣比較公平不是嗎？」

他輕輕挑眉，沉默了一會兒，才淡然開口：「我沒有祕密。」

「騙人，怎麼可能有人會沒有祕密？好啦，如果你不願意說自己的事，那你就告訴我那位從越南來的老闆娘，以及那個小男孩的事情好了，用這個來代替，怎麼樣？」

他沒有即刻拒絕，因為他心中也有些好奇，不知道這女生究竟想要做什麼？

許宥葦當他默許，直接問道：「老闆娘的先生，現在在做什麼呀？」

「她先生生病，目前沒有工作。」

她理解地點點頭，將手機拿出來，從臉書找出一張照片，再把螢幕轉向他。

「你覺得這個女生怎麼樣？」

照片裡是一名打扮時髦的女子，阿清瞥了一眼，不解地問道：「什麼怎麼樣？」

「就是覺得她漂不漂亮啊，是不是你會喜歡的型？對她有什麼感覺？」

「還好，不是，沒有感覺。」他依序清楚地回答每一個問題。

許宥葦嘴角一勾，微微頷首，似乎很滿意他的答案，繼續邊滑手機邊說：「小吃店老闆娘的兒子……他是不是有些不對勁？我今天只是請他幫忙收一下盤子，沒想到他居然會嚇成那副樣子。」

「他有輕微的智能障礙和自閉症，平常很少跟別人接觸，也不敢跟陌生人說話。」

「是喔……」許宥葦瞪大眼睛，想不到老闆娘一家人過得這麼辛苦。

沒多久，她又找出另一張照片，把手機湊近到他眼前，「那你覺得這個人怎麼樣？」這次是一名男子摟著女子的親密合照，男子親密摟在身邊的人，就是許宥葦方才給他看的第一張照片中的女子。

他皺起眉頭，「我又不認識他，我怎麼知道？」

「那你覺得他們相配嗎？這女的老是頂著一臉大濃妝，沒事又愛露乳溝，還一天到晚跑去夜店玩，你不覺得她看起來就是私生活很亂的那種女生嗎？」

阿清沒有作聲，只是靜靜地盯著她。

他淡漠卻銳利的視線，讓許宥葦不自禁壓低了頭，閃避他的目光，不自在地轉開話題：「所、所以你平常就在那間小吃店打工嘍？」

「只有假日中午。」他啜了口咖啡，放下杯子，「到此爲止，換我問妳了。」

「咦？」

阿清指著照片上的女了，「這女生是妳的什麼人？」

許宥葦眼神飄移，悶聲回：「……我不認識她。」

「妳不認識她，還把她說成這樣？」

「爲什麼不可以？她是橫刀奪愛搶走我男友的小三耶！誰想認識這種不要臉的女人呀？噁心！」許宥葦滿腔的怒火瞬間被挑起，音量也提高了起來。

「所以摟著她的男生是妳的……」

「就是我前男友呀，要不是這個女人，他也不會跟我分手！」她氣呼呼地打斷他，又滑出幾張照片指給他看，「你看，這些是那個小三昨天上傳的照片，他們居然跑去泰國玩！我跟我前男友在一起的時候，他從沒有帶我出國過，現在卻跟那女人去，你不覺得他們太過分了嗎？」

「這男生是妳的前男友？」阿清困惑地蹙眉，「那住在我家樓下的那個男人呢？妳跟他又是什麼關係？」

許宥葦眨了眨明亮的大眼睛，「我和他沒有關係呀！」

「妳不認識他？」阿清傻眼。

「我認識他，只是他不認識我而已。到目前爲止，我還沒有跟他說過話呢！」

阿清一臉驚訝，「那妳爲什麼要跟蹤他？」

「這個……也沒有爲什麼。」許宥葦絞弄著手指，扭捏地咕噥：「我就只是想跟蹤他而已。」

阿清完全說不出話來了。

原本已經趨於平息的不耐，此時再度在他心頭升起，轉化爲一股熊熊怒火。

他以爲許宥葦曾經和五樓的男人交往過，因爲對他難以忘懷，才會不惜在每個深夜跑來對方的住處等人。

尤其今早看到她守在樓梯口一副可憐兮兮的樣子，阿清心裡其實對她是有些同情的，所以一直以來才不打算舉發她鬼祟的行徑。

如今，事實卻不是像他所想的那樣，她跟五樓的男人根本一點關係都沒有，一切都是誤會，他完全被許宥葦耍得團團轉！

得知眞相之後，他再也不想和這名女人有任何瓜葛，他猛然起身，準備離去。

許宥葦一訝，連忙跟著站起來，「帽T男，你要去哪裡？」

「妳眞的很無聊，我很後悔浪費時間在妳這種人身上。從現在開始，我不管妳到底要做什麼，妳都不准再跨進我住的大樓一步。妳在我家門口坐了這麼多天，卻連摁下五樓門鈴的勇氣都沒有，既然如此，妳就別再做出像變態一樣偷偷摸摸的舉動。要是再讓我看到妳出現在我家門口，不要怪我報警！」

一口氣撂下狠話，他無視許宥葦錯愕的神情，甩頭離去。

當天晚上，阿清出門買晚餐，樓梯口空無一人，他的目光卻仍不由自主地在她平時坐的位置多停留了幾秒。

從那天起，他就再也沒看見許宥葦出現在大樓裡。

就在他以為許宥葦已經記取教訓，從此不會再出現時，五天後的某個深夜，他剛洗完澡想倒杯溫水喝，忽然一股濃郁的香味飄進他的鼻腔。

他很快聞出這是泡麵香味，但不是從窗外飄進來的。他循著香味走到門前一看，發現自己稍早回家時，居然沒有將內門關好。

越靠近門口，那股香味就越發濃烈。

一打開鐵門，許宥葦背著小背包，就坐在外頭。

她正張著口，準備將熱騰騰的泡麵吸進嘴裡，一瞧見阿清那張臉色鐵青的面孔，立即停下動作，與他對視了五秒。

「那個……」她笑得滿臉尷尬，「對不起，我又出現了。」

阿清沒有開口罵人，直接就要掉頭關門。

許宥葦馬上察覺他接下來要做什麼，還來不及放下杯麵，隨即衝上前去阻止他關上鐵門，「帽T男，等一下，在你報警之前，先聽我說好不好？」

「等妳到警局再說。」

許宥葦一手抓住他的衣袖不放，「你就聽我解釋嘛，我保證以後不會再來打擾你，你先別發火，至少聽我把話說完再生氣嘛！」

「我沒興趣聽妳這個跟蹤狂解釋，也不想知道妳出現在這裡的動機，既然妳沒把我的警告當一回事，那我也沒必要再聽妳廢話。放手。」

「你不聽我說，我就不放！」

「快點放手。」他喝斥。

「不要就是不要！」

阿清一惱，將她的手用力甩開：「叫妳放手聽到沒有？」

他沒控制好力道，使得許宥葦一個踉蹌往後跌，手裡杯麵的熱湯也跟著潑灑出來，直接淋到她的手上，痛得她慘叫一聲。

阿清見狀，臉上的慍色即消，二話不說便將許宥葦拉進屋裡，旋開浴室的水龍頭，用冷水沖著她被麵湯燙得發紅的右手。

此時阿清的眼裡已不見憤怒，只有急切的關心與焦急。

「會不會痛？」他問。

許宥葦瞄向他的側臉，搖搖頭。

完成基本的急救步驟後，阿清帶著許宥葦到一張椅子坐下，隨後疾步走到一個木櫃前打開櫃子，上半身幾乎埋進裡頭，不知道在找些什麼。坐在椅子上的許宥葦將視線從他身上移開，環顧他的房間。

這裡沒有客廳、沒有廚房，除了浴室之外，沒有其他隔間。

床、電視、桌子、椅子，所有傢俱全部擠在同一處空間裡。

從居住坪數大小和物品數量判斷，不難看出阿清是一個人獨居。他的房內乾淨整齊，沒有其他多餘的東西，只有桌上堆疊著爲數不少的書。許宥葦心中不免有些意外，沒想到這個男生的住處竟會這麼地簡陋。

阿清拎著不知多久沒用過的急救箱回來，坐在床頭面向著她。

他小心拿起蓋在她右手上的冰毛巾，她右手的皮膚雖然泛紅，卻沒有腫起來，傷勢並不算太嚴重。

他鬆了一口氣，表情不再像剛才那樣緊繃，許宥葦從他的眼眸中看見了放心。

阿清開始替她擦燙傷藥，許宥葦突然開口：「欸，帽T男。」

「幹麼？」他頭也不抬，專心地擦著藥，動作十分輕柔。

她有些心虛地問：「你爲什麼……到現在都還沒有請房東修理一樓鐵門的門鎖呀？」

阿清無奈低嘆，「房東這陣子不在，出國了。」

「是喔。」

他再嘆了口氣，「妳說吧。」

「什麼？」

「妳剛剛不是有話要說？說吧，就當作是我害妳燙傷的賠罪。」

許宥葦神情訝異，迅速抬頭望了阿清一眼。

「其實……」她有些艱難地說：「上次喝咖啡的時候，我說謊了。」

「說謊？」

「就是我跟蹤樓下那個男人的理由。」許宥葦低下頭，「我並不是真的那麼無聊沒事做，才花那麼多時間跟蹤他，我只是……想問他一件事，但一直沒有勇氣開口，可是又不想放棄。」

阿清替她擦好藥，再仔細檢查她的手，確定都沒問題了，便走到飲水機前拿起先前倒了一半的水，順口問下去：「妳想問他什麼？」

許宥葦侷促不安地扭動身子，面色猶豫。

「我想要問他……」她呑呑吐吐，頭低到不能再低，「可不可以跟我睡一晚……」

阿清前一秒才喝了一口水，聽她這樣一說，嗆得一陣狂咳不止。

他拍拍自己的胸口，好不容易才止住咳嗽，忍不住驚愕地喊道：「妳說什麼？」

許宥葦紅著一張臉，手抓著衣襬低聲囁嚅：「就是……一夜情啦！你是男生耶，怎麼可能聽不懂？」

阿清完全傻眼，呆立在原地一動也不動。

沒有等到回應，許宥葦抬頭對上他的目光，發現他眼中沒有流露出一丁點疑惑或是鄙夷，只是木然。

半晌過後，他渾身力氣像被抽盡似的悶悶開口：「爲什麼要這樣做？」

許宥葦望著他，不曉得該怎麼解釋，才能讓他明白理解。

其實就連她自己也覺得自己的舉動荒謬，更何況是對一個只見過幾次面，連朋友都稱不上的男生。

「妳喜歡樓下那個男人？」阿清問。

許宥葦搖頭，坦言：「是有點被他吸引……但還不到喜歡的程度。」

「那妳爲什麼會想這麼做？」他的聲音聽起來輕飄飄的，好似沒有重量。

她做了個深呼吸，鼓足勇氣老實說道：「我也不知道，我跟前男友分手之後，有天就突然興起了這個念頭。」

許宥葦盯著自己的手指，「我和我的前男友，曾經一起去過樓下男人所開的刺青店。那個時候，我是陪前男友去的，因爲他聽說那個男人刺青的技術非常好，所以無論如何都想去他那裡刺。那個刺青師叫Andrea，剛開始我以爲是女生，不放心才跟過去，後來才知道對方是男的。我陪前男友去過兩次，後來覺得無聊，就沒有再跟了。」

深吸了一口氣，她繼續往下說：「我前男友刺青完一個月後，就被我發現他和打工的同事搞曖昧。以前，他都會把他的臉書訊息、LINE的通訊記錄全部給我看，但自從認識那個女人後就全變了。每當我問他爲什麼要把臉書的感情狀態改掉，還把我們以前的合照全部隱藏起來時，他就開始對我發脾氣……我們吵了好久，他卻突然提分手……他一離開我，我就傷心得什麼事都沒辦法做，只能每天看著他和那個女人到處拍照打卡，告訴大家他們今天去了哪、做了什麼事、有多恩愛多幸福……」

許宥葦頓了頓，左手緊握成拳，「之後有一天，我偶然經過樓下男人的刺青店，一看到他，就想起前男友曾經跟我提過這個刺青師有多厲害、多帥氣，他是多麼欽佩他……所以，最後這個念頭就在我的腦袋裡冒了出來，揮之不去……」

「所以妳是爲了報復妳的前男友？」

她垂著頭，不發一語。

「你們分手多久了？」

「三個月。」

「別去看不就好了？明知看了會痛苦，爲什麼還要天天去看他們的臉書動態？」

「我也不想呀，但點開臉書就是會看到，我有什麼辦法嘛！」

「那就刪了他的帳號啊！」

「可是我還是可以看到他們的狀態呀，我和前男友有不少共同好友，就算我刪掉他的臉書，只要我們的共同好友按讚、回應，還是看得到……」

「那就連那些好友也一塊刪了。」阿清果決回應。

「可、可是……」許宥葦開始結巴，「那些好友又沒做什麼，莫名其妙連他們一起刪，這樣未免也太過分了，會顯得我很小家子氣……」

「妳連自己都顧不了，還有餘力去顧別人的感受？既然是共同好友，應該也知道你們的事，如果眞的把妳當成好朋友，相信只要妳好好解釋，對方應該都能體諒才對。」

這次許宥葦一個字都回不出來，只是眨著眼睛，愣愣地望著他。

「妳不是無能爲力，而是根本就沒想過要解決問題，這些只不過是妳的藉口罷了。說穿了妳只是不甘心，想知道妳的男友離開妳之後，是不是眞的能一直過得這麼幸福，對吧？」阿清語調平緩，「老實說，妳給我的感覺並不像是還愛著妳前男友，否則妳現在跟蹤的對象應該是他，而不是樓下的那個男人。妳早就清楚妳跟妳前男友是不可能的了，對不對？」

此時的阿清明明面無表情，眼裡卻透著冷光，讓她看著便不由自主打從心底發寒。

「帽T男……你生氣了？」

「我不會爲一個講話不老實的人生氣，也不想對一個只會傷害自己的人生氣。無論妳今天來找我說這些是想要道歉，還是想讓我同意妳繼續在這裡等人，我都不會再管妳了，後果妳自己承擔。記住，我讓妳留下來，絕不是因爲認同妳的做法，要是妳天眞地以爲這樣做就可以報復妳的前男友，那就等著看最後到底是報復誰吧。」

許宥葦被他冷冽的口氣震住，傻了幾秒。

被阿清這麼一激，她一張臉漲得通紅，忍不住叫了出來：「你明明就在生氣！這又不是什麼大不了的事，而且跟你也沒關係，你幹麼要對我這麼凶？奇怪耶你！」

「妳覺得沒什麼大不了，是因爲妳從來沒想過有人會因爲妳這麼做而受到傷害，更沒想過當妳在做這些事情的時候，那些在乎妳及愛妳的人，心裡會有多痛！」阿清沉聲斥道，從齒縫迸出的每個字都帶著無法忽視的力道。

許宥葦瞪大眼睛，眨也不眨地看著他。

「在我眼裡，妳這種行爲比妳前男友還要差勁惡劣，更加自私自利。雖然被傷害的人的是妳，可是我完全沒辦法同情妳。坦白告訴妳，跟妳相處的這段期間，我發現妳的個性也有點問題，妳只會對他人頤指氣使，不曾顧慮過別人的意願及感受，甚至把別人對妳的寬容視爲理所當然。妳男友會離開妳，妳自己也要負點責任、認眞反省，別只會一味怪罪別人。今後妳想怎麼做就怎麼做，不用特地來告訴我，因爲我不想再見到妳！」

許宥葦呆了一會兒，緊抿雙脣，迅速站起身，身體微微顫抖。

她左右張望，一時找不到東西，乾脆卸下自己的小背包，使勁朝他身上砸去，「你憑什麼這樣說我？我是受害者耶，被劈腿的人是我耶！爲什麼你要罵我？爲什麼只怪我？爲什麼只有我才有錯？」

許宥葦瘋狂咆哮，「你以為我喜歡天天來這棟又冷又髒的破大樓嗎？你有什麼了不起？誰稀罕你呀！你這個怪胎，沒血沒淚的混蛋帽T男，你一定會有報應的！」

許宥葦說完，氣極敗壞地衝了出去，下樓的腳步聲又猛又急，迴盪在他耳邊久久不散。

阿清站在原地，深深嘆了一口氣。

他開始收拾許宥葦剛剛起身時撞倒在地上的急救箱，忽然瞄到一疊對摺的A4紙張掉在急救箱旁。

剛才許宥葦用小背包不停地砸他，應該就是在那時候從她的包包裡掉出來的。

他撿起那疊紙攤開，上頭印著某個人的臉書頁面，而使用者名字及大頭照裡的女生，正是許宥葦本人。

阿清好奇地瀏覽這些資料，上頭大部分都是她半年前的臉書貼文訊息。

每個訊息欄的位置都經過了一些變動，許宥葦將每則發布的訊息全部一則一則排列整齊，似乎只專挑某些特定內容的訊息作成總整理。

那些內容，全是她跟前男友的甜蜜對話，底下的留言也沒有別人，像是許宥葦嚴密篩選與刪減後所留下來的。

除了許宥葦自己的動態訊息，這份資料還包括了從她前男友、以及對方現任女友的專頁中擷取下來的貼文。

阿清隨後注意到，部分訊息及底下的留言，分別用了不同顏色的螢光筆畫記標示起來。

他隨意翻看了好一會兒，卻看不出這些被畫起來的文字有什麼關聯性。

他不曉得許宥葦蒐集這些訊息有何動機，也沒心思再多加揣測。

想起自己剛才對她那麼凶，以及她受傷的神情，縱使他心裡多少也有些過意不去，但他很清楚，要是隔天晚上許宥葦再出現，並且依然堅持故我的話，那他一樣會對許宥葦生氣。

因爲無論過了多久，他都不可能再接受「這樣的人」。

週日午後，小吃店的忙碌告一段落，阿清接過這天的工資，正要離去。

老闆娘的兒子出來送他，小臉揚起無邪的笑容，手中拿著阿清今天買給他的牛奶糖。

他摸摸男孩的頭，跨上腳踏車，老闆娘卻在這時叫住了他。

「上次那個女孩，是不是喜歡阿清你呢？」

面對老闆娘突如其來的問題，阿清微愕，「沒有，爲什麼會這麼問？」

「因爲這是我第一次看到有年輕女孩跟著你一起出現，原本還在想她會不會是你的女朋友呢。」她接著好奇問道：「你們吵架了？」

「……」

老闆娘自顧自地說下去：「阿姨覺得她很可愛，心地就和你一樣善良。如果有什麼誤會，趕快解開就好，不要吵架，也不要再生她的氣嘍！」

阿清皺了皺眉，一頭霧水。

回到住處，經過五樓門口時，他不禁停下腳步，望了暗紅色鐵門一眼。

他已經有兩個星期沒見到許宥葦了。

這段期間，一樓的鐵門已經修好，就算她想，也不可能再像之前那樣隨意進出。

他不曉得許宥葦是不是還在跟蹤五樓的男人，說不定她早已直接到那名男人的刺青店找他了吧？

各式各樣的假設偶爾會從他腦海中一閃而過，每當他出門時，也會不自覺地第一眼先瞄向樓梯口。

隨著日子一天天過去，許宥葦始終沒再出現，他也漸漸將這件事擱下，重新習慣只有自己一個人的空蕩與寂寥。

某個飄著細雨的夜裡，阿清的手機響了，螢幕上顯示的是一串陌生號碼的來電。

他接起，「喂？」

另一頭沒有聲音。

「喂，請問是哪位？」阿清問。

對方仍是默不作聲。

他輕輕一嘆，冷冷地說：「不說話我就掛斷了，再見。」

「帽T男……」

微弱的哽咽聲從手機另一頭傳來，阿清驀地怔住。

電話裡，許宥葦的呼吸顯得紊亂又急促，像是受了滿腹委屈，終於找到宣洩出口，放聲哭了出來。

「其實我早就知道了……」她啜泣不止，「就算我眞的跑去找五樓那男人，對方也不會理我，更不可能答應我的請求。上次親眼看見他拒絕擅自跑去他家的那個女人後，我就明白了……可是我還是想繼續等，因爲這是我最後一次承諾我自己，那是我和自己的約定。」

阿清沒有接話。

「我也知道前男友已經不愛我了，就算我天天去求他復合，他也不可能回到我身邊，我想過要放下這段感情，內心也十分明白，無論做什麼都無法挽回他了。我也知道自己很任性又很幼稚，以爲他會像剛在一起時對我那樣百般呵護，所以動不動就對他無理取鬧、亂發脾氣，始終不相信他會眞的離開我。」

許宥葦吸了吸鼻子，「我們高中時就在一起了，那時還彼此約好要考上同一所大學。我們一直都很幸福快樂，雖然後來他常對我發脾氣，跟我吵架……可是我還是很愛他，眞的眞的很愛他！」

她越說越傷心，情緒越來越激動，「我們分手一段時間後，我以爲我已經慢慢接受失去他的事實，可是當我看到他們發布在臉書上那些甜蜜的照片及貼文時，我才發覺自己根本沒辦法接受，我每天都會去看他留給那個女人的留言，甚至還把他們的互動貼文列印下來，就是爲了研究他到底對她說了什麼……因爲那些話，有很多都是他曾經對我說過的……」

聽到這裡，阿清突然想起許宥葦之前不小心遺留下來的那一疊資料。

他打開抽屜，拿出那份資料，重新瀏覽了一遍。

之前他還看不太出個所以然來，現在聽許宥葦一講，他將三人的臉書資料一張張分開，並列擺放在一起觀看。

很快的，阿清就發現了其中的關聯性。

「情人節的時候，他對那個女人說『我愛妳』。我和他還在一起的時候，他也會在情人節對我說這三個字，平常他是不會輕易把這三個字掛在嘴邊的，只有在這一天他才肯開口。」

她幾乎哭啞了聲音，抽抽噎噎地說道：「現在他每天晚上都會到那個女生的臉書留言道晚安，叮嚀她早點睡，那也是他之前每天都會對我做的事；那個女生生病了，他會對她說『記得多喝水、多休息，有沒有想吃什麼？我幫妳送過去。』以前只要我感冒發燒，他下課就會帶我最喜歡吃的地瓜粥來給我，溫聲囑咐我要多喝水、好好休息……」

阿清的視線落在許宥葦其中一篇貼文上，那篇正好是她感冒不舒服時所發布的動態訊息。

底下有一則她前男友的留言，內容果真如她所說，是關心她的留言，還被許宥葦用黃色螢光筆特別標記了起來。

阿清接著瞄向那名女子的臉書資料，同樣也在一篇發文底下發現一則被黃色螢光筆標記的回覆，內容和給許宥葦的訊息大同小異，留言者正是那個男人。

而男人每天發給對方的晚安文，則被粉紅色螢光筆畫過，阿清回頭翻閱許宥葦的那份，沒多久也看見相同的粉紅色註記。

這些文字所蘊含的情感真摯濃烈，只是前後卻已給了不同的人。

「他怎麼能夠說出那樣的話？」許宥葦止不住的嗚咽，在寂靜的深夜顯得格外清晰，「他怎麼可以把他曾經對我說過的那些話，全都說給別人聽……」

她痛徹心扉的泣訴，讓阿清久久不語。

許宥葦與前男友昔日拍的甜蜜合照已成過去，現在取而代之的是對方與現任女友的合照。男方只看得見眼前的人，將許宥葦一個人留在從前，讓她獨自傷心。

也許是許宥葦哭聲裡的悲傷實在太過酸楚，聽了她這番哽咽話語，原本沒什麼反應的阿清，不知不覺也讓這股哀傷觸動，眼眶跟著微熱起來。

那樣的絕望和痛楚，一點一滴滲進他的胸臆，凝聚在他凍結已久的心口上。

「後來當我偶然遇到五樓那個男人，就突然想和自己打個賭。我前男友十分崇拜他，所以我想，要是那個男人肯答應我的請求，願意和我一夜情的話，說不定我就能從那段傷痛走出來，真正放下我的前男友。」

許宥葦深深吸了一口氣，「要是成功了，我從此不會再看他們的臉書，也不會關注他們的消息。雖然不曉得這樣做算不算報復，但無論成不成功，我一點也沒打算讓我前男友知道這件事。我只想跟自己打賭，如果那個人肯接受我，也許我心底的傷口就能逐漸痊癒，不再留下任何遺憾……」

說到這裡，她的情緒漸趨平復，不過聲音還帶著點哭腔，「我知道自己這麼做聽起來很隨便，也很愚蠢，但我並不奢望能得到誰的認同，所以也沒打算告訴任何人，只想把這件事當成我一個人的祕密。可是當我眞的開始跟蹤那個男人以後，明明有很多時機可以接近他，卻遲遲提不起勇氣，每次都在緊要關頭退縮，就這麼一天拖過一天，直到被你發現……」

她的口吻萬分低落，沮喪地說：「上次我來找你，是想把所有的事都告訴你，因爲我覺得只有據實以告，你才有可能繼續讓我留在這裡，可是現在我懂了，就算你那時讓我留下，我應該也只會繼續守在暗處，始終沒有勇氣上前跟那個男人搭話。我果然是一個沒有用的女人，你會對我生氣也是理所當然的。上次你罵我罵得沒錯，像我這樣差勁自私的人，無論做什麼事都不可能成功。這樣的我……繼續過著這樣的人生，大概也沒什麼意思了吧？」

阿清愣了一下。

「對不起喔，帽T男，這段時間一直來煩你，還惹你生氣。」她的語氣恢復平靜，「這次是我最後一次來找你，以後再也不會來打擾你了。謝謝你願意聽我說話，謝謝你直到最後都沒有掛斷……再見了。」

通話被切斷的那一秒，阿清的心也隨之顫了一下。

他看著手機，思緒呆滯。

「像我這樣差勁自私的人，無論做什麼事都不可能成功。」

「這樣的我……繼續過著這樣的人生，大概也沒什麼意思了吧？」

一股寒意爬上背脊，他的心跳越來越快。

「這次是我最後一次來找你。」

「再見了。」

確定許宥葦對自己說的是「最後一次來找你」，而不是「最後一次打給你」時，阿清立即衝出房間，打開鐵門一看，樓梯口卻空無一人。

他屏息凝聽樓下的動靜，但樓梯間卻一片寂靜，只聽見外頭傳來淅淅瀝瀝的雨聲，阿清這才想起一樓鐵門的鎖早已修好，許宥葦不可能進得來。

他心想，也許她可能還未走遠，連忙折回房間拉開窗戶窗簾，憑著對街一盞老舊路燈的微弱燈光，往樓下來回搜尋許宥葦的蹤影。

視線一拉遠，他隨即被巷口處的一把黃色小傘吸走了目光。

還未看清是誰撐著那把黃傘，阿清就毫不猶豫地將頭探出窗外，朝那抹身影大吼：

「許宥葦！」

無奈雙方之間的距離太遠，對方並未聽見他的叫喚，他只能眼睜睜看著那把黃色小傘消失在巷弄裡。

許宥葦的號碼已經撥不通，阿清想也沒想，匆匆忙忙奔出家門，朝巷口狂奔。

追趕途中，他的腦袋一片空白，心跳劇烈，雙拳緊握。

他渾然不覺自己全身都在發抖。

一股強烈的恐懼就要將他吞噬，幾乎讓他失去平時的冷靜，一心只想趕快找到那把黃色雨傘的主人。

衝出巷口，他氣喘吁吁地環顧所有撐傘的行人，什麼顏色花樣都有，就是沒有黃色的傘。

找了一陣之後，阿清望向人煙稀少的另一邊路口。

那是前往河堤的方向。

每逢雨季，河堤就會變成急湍，十分危險。

心中不安的預感又加劇了幾分，但他沒有時間猶豫遲疑，只能相信自己的直覺，往河堤跑去。

放眼望去，長長的柏油路上，幾乎沒有人影。

他往後方的橋上看去，一把黃色小傘清晰地映入眼簾。

阿清小心翼翼朝小黃傘走近，一看清楚傘下的身影，立即跑上前大喊：「許宥葦！」

站在欄干邊發呆的女子，聽到阿清的叫喝，身軀顫動了一下。

見到阿清蒼白著臉站在她的後方時，許宥葦驚訝地張大了嘴巴。

阿清再也按捺不住，焦急地朝她劈頭質問：「一個人大半夜跑到這裡，妳到底想做什麼？」

「……我只是心情不好，想來這裡走一走，散散心而已呀！」她愣愣地回，眼角還噙著淚光。

「散散心而已？那妳剛才在電話裡說的話是什麼意思？最後一次來找我又是怎麼回事？」

「就……就是最後一次來找你呀，你之前不是說過，不想再見到我嗎？」

阿清盯著她那雙哭到紅腫的雙眼，「所以……妳不是想不開？」

「想不開？當然沒有，我幹麼要這樣？」許宥葦嚇了一跳，「難道你以為我要自殺，才跑出來找我？」

「廢話，誰叫妳剛才說什麼『繼續這樣的人生沒意思』，最後還跟我說什麼『再見』，手機又打不通，一般人都會誤會好嗎？要嚇人也該有個限度！」他忍不住提高音量。

許宥葦噘嘴，無辜地低下頭，「好啦，對不起嘛，我又不是故意的，我哪知道你會誤會……」

原本渾身緊繃的阿清，心中一鬆後，宛如彈性疲乏的彈簧一樣，疲憊不堪地蹲了下來。

他將頭壓低得不能再低，虛弱地保持這個姿勢動也不動。

許宥葦小心走近他，吶吶開口：「那個……帽T男，眞的很抱歉，沒想到會害你誤會，我是眞心想跟你道歉的，可是你家樓下大門的鎖已經修好，我進不去，所以只好打電話給你……」

「妳怎麼知道我的手機號碼？」

許宥葦馬上回答：「喔，我問那位越南老闆娘，是她告訴我的。其實上次跟你吵完架後，我難過了好幾天，也仔細反省過，只是我不敢再去找你。大概兩個禮拜前，我避開你打工的時間，到那家小吃店坐坐，老闆娘問起我們最近如何，我就告訴她我不小心惹你生氣，跟你吵架了。後來，我偶爾會到那裡吃飯，遇上店裡忙的時候，也會幫他們收拾碗盤什麼的……對了，我跟你說，我現在跟老闆娘的兒子處得很好嘍，前幾天，他還親口告訴我他名叫小庭，現在他已經不會怕我了喔！」

她雀躍的語氣，讓阿清陷入一陣更深的沉默。

「喂，帽T男，對不起啦，我不會再跟蹤那個男人了，也不會再亂想一些奇怪的事了，雖然被前男友甩掉很痛苦，也很難過，可是，我還是很愛惜自己的生命喔，所以絕對不可能做傻事的。你就原諒我吧，別生我的氣了，好不好？」

阿清的身子微微起伏，卻始終未發一語，許宥葦也跟著在他身邊蹲下，想再靠近他一點。

在他沉重的呼吸聲中，她聽見一絲像是吸鼻子的微弱聲響。

許宥葦一愣，「帽T男……你在哭嗎？」

他沒有作聲。

許宥葦慌了手腳，想再說些什麼，卻聽見他低聲開口：「……煩死了。」

「咦？帽T男，你說什麼？」

阿清頓了頓，用幾不可聞的聲音喃喃自語：「爲什麼要一直下雨？」

「啊？」許宥葦眨眨眼，望向天空，「最近都會下雨呀，你沒看氣象預報嗎？這個月都會是這種天氣喔！」她轉回視線，有些擔憂地看著他，「帽T男，你沒事吧？」

「許宥葦，我問妳。」阿清沉聲：「下雨的時候……妳會希望有人在身邊替妳撐傘嗎？」

聽他又問了個沒頭沒尾的問題，許宥葦頭一偏，滿臉困惑。

想了一會兒，她點點頭，笑咪咪地說：「當然希望呀。可是老實說，比起有人替我撐傘，我更希望有人陪我一起淋雨，這樣才不孤單嘛，嘿嘿！」

阿清一聽，便不再開口。

良久，他站起身，許宥葦瞧他不像哭過的樣子，反倒是面容多了一分疲倦。

他一言不發地往回走，許宥葦匆匆跑到他身邊，高舉著傘，「帽T男，現在雨下得更大了，你現在沒穿帽T，沒有帽子戴，要是感冒怎麼辦啦？」

「反正本來就溼了，而且拜妳所賜，我才會淋成這樣。」他面無表情，冷冷回應。

「可是你自己本來就不愛撐傘呀，上次你去打工，我就沒看你帶傘，只戴上了帽子而已，我那時還以爲你是故意想要帥呢，但不管怎樣，至少也穿件雨衣吧？眞是的！」她忍不住叨念，依舊幫他撐著傘，試圖爲他遮雨。

「妳眞的沒打算繼續跟蹤五樓那個男人了？」

「嗯，對呀！」

「爲什麼？」

「……當時你不是也聽到了嗎？他連那麼漂亮的女人都可以狠心拒絕了，像我這種女生，他更不可能看得上眼吧？我原本以爲自己的計畫可以輕易達成，因爲我之前聽別人說，雖然那男人一副冷酷的樣子，可是女人緣極佳，而且說眞的，他確實也很有男人味。不少人都說他的男女關係很複雜，所以我以爲只要我主動送上門，成功的機率應該不小才對……結果沒想到他會對女人這麼狠心，現在回想起當時他對待那女人的態度，我就不敢去找他了……」

阿清閉了閉眼，不再說話。

離開河堤的途中，許宥葦就這麼一邊滔滔不絕地自顧自說話，一邊努力幫兩人撐傘。她拚命踮著腳要爲他撐傘的模樣，讓阿清停下腳步凝望著她片刻，最後一把拿走她手上的傘，由他來撐。不過對於許宥葦接下來發問的任何問題，他都堅持不再回應。

那天的雨下了很久，午夜短暫停歇後，過沒多久又開始悄然落下。如霧一般的雨，細細綿綿，卻沒有絲毫冷意。

這場雨還要下很長一段時間，才會停止。

但兩人走的路，已經看得見盡頭。

Chapter 2

王魏凱。

你永遠不懂我傷悲　像白天不懂夜的黑
像永恆燃燒的太陽　不懂那月亮的盈缺
你永遠不懂我傷悲　像白天不懂夜的黑
不懂那星星為何會墜跌

那英〈白天不懂夜的黑〉
詞：黃桂蘭　曲：林隆璇

晚上八點，鬧區人聲鼎沸，一名中年男子踏進位於短巷裡的一間店面。

王魏凱看見男子一身整齊西裝，手提著一個看起來使用多年，有些破舊的公事包走了進來。他的身材乾癟，幾絡稀疏白髮貼著頭皮，凸顯出明顯的頭顱形狀。

中年男子神情緊繃，頻頻環顧牆上的刺青圖案，等到足足高過他十多公分的王魏凱走到面前，他才緩緩抬高視線，盯著王魏凱綁在頭上的黑色頭巾發愣。

男子抿抿乾裂的嘴脣，用粗啞的聲音問：「那個……你就是安德烈先生？」

「是。」王魏凱應：「曹先生嗎？」

「對，沒錯。」男子面露驚訝，想不到這位頗富盛名的刺青師居然這麼年輕，頂多才三十出頭，個頭魁梧。

王魏凱不苟言笑的態度，讓男子心裡有些畏怯，儘管這個年輕人的年紀比自己小一輪有餘，他還是十分禮貌地開口：「不好意思，老闆，我今天臨時加班，加上對這裡的路況不太熟悉，不小心遲到了幾分鐘，真的很抱歉！」

「沒關係，請進。」王魏凱從容轉身。

早在上個月的時候，這名男子已經致電王魏凱，表示想要洽談刺青的事。

王魏凱的刺青店生意非常好，曹先生光是預約面談，就得排到了一個月以後。

所以他今天才會依約而來。

光從外表來判斷，穿著保守、神情忠厚的曹先生看起來並不像是會對刺青感興趣的人，更遑論主動想在身上紋上刺青。不過王魏凱也不是第一次遇上這樣的客人，所以並不覺得有什麼新奇。

王魏凱的刺青店靠近夜市，離他家約二十分鐘的路程。店面一共有兩層樓，一樓主要負責接待客人，二樓則是爲客人刺青的房間。他一週七天都在工作，沒有休假，每日從下午一點營業到晚上十一點；工作完回家，還要繼續繪製客人的刺青圖，直到凌晨兩點才上床休息。

曹先生今日來店裡，主要是與王魏凱討論刺青的主題和方向。

他從公事包裡抽出一張照片，照片中是一位短髮少女站在陽光下，以藍天爲背景，臉上的笑容燦爛無比，感覺是個活潑開朗的女孩。

「我想請老闆將她的臉，刺在我的左胸上。」曹先生遞上照片，娓娓道來：「她是我的女兒，是個十六歲的高中生。三個月前她和同學出去玩，不幸出了車禍，離開了我們。這段期間，我和妻子都過得非常煎熬，我們就只有這麼一個寶貝女兒。她的去世帶給我們很大的打擊，我們都很傷心不捨，她是那麼乖巧又體貼的孩子……」

說到傷心處，曹先生不禁眼眶泛紅，「有次我看見我鄰居兒子的手臂上刺了一朵玫瑰花的圖案，才動了刺青的念頭。在那之前，我一直認爲刺青是不正當、不學好的混混年輕人才會做的事，可是當我看到那孩子的刺青，就突然想到，要是可以把我女兒的容貌刺在身上，那麼我就可以天天看到她，把她的笑容永遠留在我身邊……」

曹先生有些哽咽，「我想了想，最後決定用這個方式來懷念我的寶貝女兒。我問了鄰居兒子的意見，他推薦我過來這裡，說安德烈先生你的刺青技術很好，圖也設計得非常漂亮，所以我就來了。」

王魏凱看著照片一會兒，微微頷首，「我明白了。」

接著，他開始觀察曹先生的身形，「請問您的身體狀況如何？若刺青的面積過大，對您的身體恐怕會造成負擔。」

「沒問題，我身體很好。爲了女兒，這點痛不算什麼的。」

男子眼裡的堅定，讓王魏凱明白沒有再與他確認的必要，於是繼續跟他討論起刺青圖案的風格、位置與尺寸。

曹先生沒有太多要求，待討論差不多定案時，他忽然靈光一閃，問道：「對了，老闆，能不能在我女兒身體的左右兩側，再紋上一對翅膀呢？就是有很多白色羽毛的那種，我希望能夠讓她當個幸福快樂的小天使！」

聽了男子的提議，王魏凱先是陷入沉默，片刻之後，才淡淡回道：「很抱歉，曹先生，我這裡是不爲客人紋翅膀的。」

「爲什麼?」他十分詫異。

「純粹是我私人的因素，其他類型的圖都沒問題，就只有翅膀不行，希望您能諒解；若您無論如何都想紋上翅膀，那我可以推薦您到另一間刺青店，就在附近不遠處，對方的技術也很不錯，應該可以達到您的要求。」

「不不不，沒關係，沒有翅膀也不要緊!不好意思，我不知道老闆你有這個規矩!」曹先生連忙揮手。

等到正式刺青的日期終於確定，王魏凱起身送客，同時交代:「那麼，我會再將定稿圖傳給您過目，如果有其他問題或想法，都可以再跟我聯繫。還有，這段日子請保重身體，您太瘦了，要多吃些營養的東西增強體力，確保到時候您的身體狀態適合刺青。」

「我知道了，眞的很謝謝你!」曹先生頻頻鞠躬，感激地笑了笑，「爲了女兒，我一定會好好照顧自己。」

目送男子推門走出店裡後，王魏凱回到工作桌前，將對方剛才提供的資料放在桌上，點起一根菸，低頭凝視著那張少女的照片。

過沒多久，一名穿著背心，雙臂布滿刺青的男子大剌剌地跨進店裡。

他邁著重重的腳步，發出一陣巨大聲響，宛如一股旋風猛地吹到王魏凱面前，嘴裡還嚼著檳榔，口齒不清地喊:「喂，Andrea!我剛看到一個土裡土氣的歐吉桑從你這裡走出來，是客人嗎？」

沒等王魏凱回答，男子自顧自放聲大笑起來，「幹，他長得簡直就跟我家那死老爹一模一樣，該不會真的是來刺青的吧？還是你招惹了哪個小女生，惹得對方家長找上門來啦？」

王魏凱沒理會那名男子，目光始終沒有離開照片上的少女。

見王魏凱不答，男人也不繼續探究，只接著說：「對了，我問你，結果她有沒有找到你家去？」

「誰？」

「就是那位長得很騷，身材又很辣的那個董事長夫人，江小姐啊！前幾天晚上你關店回家以後，她突然跑來店裡要找你，結果剛好在附近遇到我，就問我你住在哪裡。」

王魏凱面無表情，吐出一口白煙，頭也不抬地問：「你收了她多少錢？」

「什麼收她多少錢，講這樣……」男子有幾分心虛，隨即換上一副笑臉，「其實還不少欸，上流社會的人一出手，果然就是不一樣，哈哈哈……」

男子話才說完，就被王魏凱一把揪住衣領，將他整個人拖去狠狠往牆一撞，順勢緊掐他的脖子。

他痛得哀叫出聲，瞪大雙眼，不停求饒，「喂，Andrea，我快不能呼吸了……咳咳……拜託你，快放手啦！」

王魏凱加重手上的力道，眸光清冷，「我警告你，你要是敢再把我住的地方告訴別人，下次就不止這樣了，聽清楚了沒有？」

他語氣裡的寒意，加上冷冽不帶情感的眼神，使得男子心中一震，再也不敢嬉皮笑臉，連忙拚命點頭，「……好，我知道了、知道了！我再也不敢了……」

王魏凱聽男子應允，手才從他的脖子上鬆開，回到桌前繼續做事。

男子揉揉脖子，小心走近，語氣哀怨，「幹麼這樣……我又不是不知道你的脾氣，還不是因爲她一直苦苦哀求，一副可憐兮兮、要哭要哭的樣子，更不用說她三不五時會送宵夜給我們這些兄弟，看她這樣我們也很爲難嘛，要不然誰敢冒這個險去惹你？」

講到這裡，男子咧嘴一笑，「不過Andrea，你也眞夠屌，只不過是幫人家刺個青，連那麼高高在上、目中無人的董事長夫人也會被你迷得死去活來，還一天到晚說要投資你這間店。我看你就乾脆讓她幫忙，反正她那麼有錢，又愛你愛得要命，幹麼白白放過這個機會？」

王魏凱專注地看著筆電，將預約時間輸入行程表中，對他的話語充耳不聞。

男子瞥了預約表一眼，「剛才那個歐吉桑還眞的要刺青啊？是什麼時候要來？」

「暫訂月底。」

「是喔？那我就跟你預約下個月初吧，這次我想在肚子上再紋一個！」他拍拍自己的啤酒肚。

「月中再說，等做完這個客人，我要休息一陣子。」

「休息……我有沒有聽錯？你不是全年無休嗎？」

「我要回老家一趟。」

「老家？哦……也對，快過年了嘛。我還以爲你這個工作狂，一忙起來連除夕都不會回去吃團圓飯！」男子又笑，「好吧，那就跟你約月中。等你回來再聯絡我，Bye！」拋下這句話，他便哼著歌離開。

王魏凱繼續盯著表格上的預約名單，猛吸了一口菸，緩緩吐出一個菸圈。

他又想起曹先生的笑臉。

十幾歲開始接觸刺青，從擔任學徒到現在獨當一面，已經過了將近十四個年頭。這段期間不算短，王魏凱見過各式各樣的客人，碰過各種荒謬怪誕的事，聽過的故事自然也不少。

像曹先生這樣的客人他見過很多，常有人想將自己心愛的人或寵物刺在身上，作爲宣誓和紀念，其中尤以熱戀中的情侶居多，但到頭來後悔的，通常也是這一類人。

曹先生想在自己身上紋上去世女兒的模樣，其實也不是什麼特殊的例子，但是像他那樣深切思念某個人的眼神，王魏凱已經很久沒有見過了。

十點五十五分，王魏凱在一樓收拾東西，準備關店回家，此刻卻忽然有一陣輕盈的腳步聲走進店裡。

「Andrea哥，你要休息了？」身著白色外套及超短牛仔裙的妙齡女子，踩著一雙黑色長靴朝他靠了過來。

一頭及腰的黑色長髮襯托出她小巧臉蛋格外白皙，那雙修長美腿更是引人遐想。

「妳一個人來？」王魏凱沒多看她一眼，轉身走上二樓。

「沒有，我男友在隔壁買滷味，可是排隊的隊伍好長，要等好久，我不想站在那兒等，所以就來找你玩啦！」她跟著他上樓，「剛剛有客人？」

「來預約的，刺青工作下午就結束了。」他打開二樓的燈，走進廁所。

女子的聲音隔著門傳來：「對了，Andrea哥，我刺在腰上的蝴蝶，顏色已經淡掉了，想要補色，也想在手腕或是手背上紋個新的圖案，你覺得怎麼樣？」

王魏凱從廁所走出來，朝她指的位置一瞥，「在手腕或手背上刺青，對女生來說，可能會影響別人對妳的觀感，妳不會希望以後結婚戴戒指的時候，讓一堆人看到妳的刺青吧？」

女子忍不住噗哧一聲，「Andrea哥真是苦口婆心。」

王魏凱轉身將二樓窗簾拉上，女子見狀，從背後親暱地勾住他的脖子。

「好吧，既然Andrea哥都這麼說了，那我就乖乖聽話，再考慮一下嘍。」她踮起腳尖，像隻鳥兒般在他的臉上輕啄了一口。

王魏凱淡淡瞥她一眼，女子再親了上來，她的唇停留時間比之前久了些。

等到第三個吻落在他臉上，王魏凱一把將女子拽到身前，拉開自己的褲襠拉鍊，粗暴地掀起她的短裙、扯下內褲，托高她的臀，從她身後直接進入。

在一次又一次激烈的律動中，王魏凱在女子體內猛力來回抽插，無論是力道和速度都讓身下的女子一度腿軟。王魏凱接著再將她的臀稍微抬起，順勢俯身貼在她的背上，這個姿勢讓他得以更加深入，直搗女子敏感的最深處。

女子配合他的節奏不斷扭動腰肢，嬌喘連連，王魏凱將手探進她的內衣，毫不憐惜的大力揉捏她的乳房。

她在雙重刺激之下全身劇烈顫抖，情不自禁地發出更綿密酥軟的呻吟：「Andrea哥，嗯……啊，啊……」

聽到女人用著歡愉，又帶著痛楚的聲音呼喚他的名字，王魏凱眼神一冷，好似不太希望聽到女人這麼叫他，於是加快了腰部的力量，更加猛烈地瘋狂衝撞。

女子漸漸再也沒有說話的力氣，只能發出虛弱軟綿的嬌吟，上半身幾乎癱軟在窗臺上。

當她開始抽搐，渾身緊繃地弓起身子，王魏凱便知道她八成快要達到高潮了，又用手指輕輕搓揉她的陰蒂，挑起對方更多情欲刺激。

女子終於承受不住，滿臉潮紅，回頭軟聲哀求：「Andrea哥，我不行了，拜託你慢一點……拜託……」

看見女子眼角的淚光，王魏凱反而加重力道挺進，一滴汗水正好自他的額際滑下。

「你要回來看我。」

已經有多久了？

像那樣殷切熾熱的眼神，他究竟多久沒看見了？

多久了？

這場在狹隘空間裡進行的激烈性愛攀上高峰，王魏凱的喘息聲逐漸急促粗重。

在最後一刻，他猛然抽身，往後一退離開女子的瞬間，一股灼熱自他腿間噴洩而出，滴落在兩人之間的地板上。

「我會等你。」

「一直在這裡，等你回來找我。」

若不是那個人曾對他說過這樣的話，王魏凱不會想再踏上這片土地。待台北的工作告一段落，王魏凱帶著簡單的行李，暫時遠離繁華都市，回到一座寧靜偏僻的小村落。

年輕人的出走，讓這個地方一年比一年更加荒涼落沒，放眼望去，不見多少與他年紀相仿的人。幾個在路邊聊天的大叔大嬸一看見王魏凱，頓時安靜下來，一臉驚訝地直盯著他，儘管王魏凱穿著外套，卻還是無法完全遮掩住他從頸側蔓延至鎖骨的醒目刺青。

有老鄰居認出他，他便向對方微微頷首致意。

片刻後，王魏凱站在那棟自己曾經生活了十八年的屋子前。

屋子的青色水泥牆早已斑駁龜裂，矮小的屋簷幾乎要讓王魏凱必須微彎著身子，才得以進門。

他沒有馬上進屋，反而回頭往斜對面一棟有著白色陽臺的屋子望去。

看著眼前熟悉的景色，過去一幕又一幕的記憶如同潮水般不停襲來。

王魏凱站在原地凝望那座陽臺許久，才轉身走進家門。

一走進屋裡，一股食物的酸腐味立即撲鼻而來。

明明現在是大白天，走廊卻是一片漆黑，燈也沒開。他往盡頭的房間走去，人還未到，就先聽見一陣綜藝節目的罐頭笑聲傳來。

一名老人正坐在房間裡看電視。

老人骨瘦如柴，嚴重駝背，頭髮幾乎掉光，全身上下僅穿著一件皺爛不堪的四角褲。

對方抬起無神渙散的雙眸，看了一眼站在門口的王魏凱，卻沒有任何反應，只是不發一語地將目光轉回電視螢幕。

王魏凱直接走到老人背後的櫃子前，發現一堆經年累月所堆積下來的信。

他開始翻看那些信件，檢查其中有沒有什麼重要的信函。

「糖糖呢？」

他驟然停下動作。

「糖糖呢？她在哪裡？」老人啞著嗓子問：「她到哪裡去了？」

王魏凱沒有回頭，也沒有回答，繼續低頭閱覽信件。

「我要找她，我要見糖糖，如果你不讓我見她，我就去死。」老人自顧自地嚷嚷，因為情緒激動，使得他的聲音更加粗糙刺耳，「我真的會去死喔！」

「嗯。」王魏凱抽走幾封信，終於應了聲。

他隨後離開房間，走上二樓，打開一扇木製的門。

室內瀰漫著一股淡淡的霉味，王魏凱沒有開燈，反而先打開窗戶，讓陽光傾洩而進。

站在窗前，他不禁又朝斜對面的白色陽臺望去。

陽臺上的落地窗窗簾緊閉，久未開啟的窗戶布滿了一層厚厚的灰，過去曾經種植許多美麗花卉的陽臺，如今只剩下一片荒蕪空蕩。

一陣鳥鳴聲打斷了他的思緒。

王魏凱簡單整理了一下房間，離開屋子，沿著巷子往公園的方向走去。

前方坡地下有座籃球場，他遠遠看見幾個小孩正在籃框下打球，還有一名年輕男子正在指導孩子們投籃。

幾分鐘後，男子退到場外，這才注意到站在坡上的王魏凱。

男子瞪大眼睛，奔至王魏凱身邊，一臉驚喜地喊：「魏凱大哥！好久不見！」

王魏凱緩緩轉頭朝他看去，視線停留在男子臉上片刻。

他拍拍男子的肩，「真的好久不見，我都快認不出你了。」

「你上次見到我的時候，我也才十幾歲吧？現在我都二十幾了，你認不出來也是正常的。魏凱大哥，多年沒看見你，你變得更有男子氣概了呢，幾年前我在網路上看過你的照片，聽說你現在是超級大牌的刺青師，名氣很響亮喔！」

「什麼超級大牌，你聽誰瞎說的？」王魏凱莞爾，「你現在還在國外念書嗎？」

「對，現在放寒假，我跟我女友一起回來過年，她老家也離這裡不遠，明天應該會來這裡走走。」他環顧四周，不由得心生感慨：「這裡眞的一年比一年冷清了。去年我也有回來，可是沒見到你，我聽周阿姨說，你一直都待在台北。今年你難得回來，要不要到我家坐一下？」

王魏凱一愣，搖頭婉拒，「不了，謝謝。」

「是因爲姊姊嗎？」

對方的直接，令王魏凱心頭一震。

男子笑容溫和，「因爲姊姊的關係，所以魏凱大哥才不來我家吧，也才會這麼多年都沒有再回到這裡，對嗎？」

迎向那雙聰慧晶亮的眼睛，王魏凱彷彿有什麼東西梗在喉間，過了半晌才艱澀地開口：「元承……」

「沒關係啦，其實我多少也能感覺得出來，魏凱大哥你不用在意。」戴元承脣角弧度不減，口氣裡沒有半點譴責與怨懟，「雖然三年前你沒有回來見姊姊，但我知道你心裡其實也很痛苦，我爸媽他們也都沒有責怪你。我了解姊姊的個性，她會那麼做完全是她自己的選擇，跟任何人無關，關於這一點我們全家都很清楚。所以魏凱大哥，你不需要覺得愧疚。」

王魏凱再次陷入沉默，只是專注地凝視著他的臉。

「你和你姊姊越來越像了。」

「眞的？」

「嗯，眼神跟語氣幾乎一模一樣，但你看起來比較聰明一點。」

「哈哈，要是被姊姊聽到了，她絕對不會放過你的！」

「我被她糾纏了這麼久，早就沒想過有哪一天可以擺脫她了。你們姊弟雖然相差七歲，可是感情一直都很好，這點讓我覺得很羨慕。」王魏凱頓了頓，「你眞的很堅強。」

戴元承淡淡一笑，「魏凱大哥，你這次回來，打算待幾天？」

「原本預計待滿三天，但現在看來，可能後天就會走了，你呢？」

「我也是，我前天就回來了。現在只剩我爺爺奶奶住在這，我爸媽前幾年就搬去台中了。我爸說年底就會把他們接過去，所以明年過年我們就不會在這裡了。魏凱大哥明年會回來嗎？」

「不會吧。」王魏凱沒有考慮太久便答，除非收到家裡那個老頭的死訊。

「那以後若有機會去台北，我可以去找你嗎？」

「當然可以，我可是不隨便讓人進出我家的，目前只有你是唯一的例外。」

「我知道，因爲魏凱大哥你有潔癖嘛，你不喜歡別人隨便碰你的東西，不過，你倒是從來不曾阻止過我進去你房間，你對姊姊也是這樣。」

「那是因爲就算我把你姊擋在門外，她也會爬窗子進來，阻止也沒用。」

戴元承忍不住笑了起來。

兩人聊了整整一小時才相互道別，王魏凱才剛走到家門口，便與一名婦人撞個正著。

「哎呀，你是魏凱嗎？」婦人驚呼：「你是什麼時候回來的？」

「今天上午。」他看著婦人手中的便當袋及垃圾袋，「周阿姨，妳來送飯給我爸？」

「是呀，順便清理一下你家的垃圾，我每天都差不多在這個時候送飯過來。不知道你今天要回來，不然就多給你準備一份了，你吃過了沒？要不要到阿姨家吃？」

「不用了，我不餓。謝謝妳一直幫忙照顧我爸，給妳添不少麻煩了。」

「這什麼話，我也是收了你的錢，哪有什麼麻煩不麻煩的呢？你每個月都準時匯錢過來了，阿姨當然要把你交代的事情做好。而且我們都是老鄰居了，看你爸爸這個樣子我也不放心，你現在又在台北工作，沒辦法就近照顧，我平常在家沒事做，偶爾活動一下筋骨，賺點外快也好，不然我還等我家那個沒用的拿錢給我啊？」

王魏凱微笑聽著婦人滔滔不絕，沒有插話。

等到婦人終於要離去，她又回頭叮嚀：「對了，魏凱，你爸爸現在飯越吃越少，食欲不太好。就算他這個人再壞，終究還是你爸，而且他現在神智不清，連話都說不清楚，身體也不太好，眼看他剩下的日子不會太多了。阿姨知道你很忙，但不管怎樣，偶爾還是要抽空回來看看他，知道嗎？」

婦人一走，王魏凱站在原地久久不動，最後才走進父親的房間。

躺在床上的老人呼吸孱弱，半閉著眼睛。

王魏凱走到床前，低頭冷冷俯視著老人的面孔。

「糖糖呢？她在哪裡？」

過去，王魏凱曾經站在這裡，無數次乞求死神將眼前這個人帶走。

他始終深信，那些真正值得憐憫且該被慈悲對待的對象，無論輪迴轉世幾千回，也永遠不會投胎到這種人身上。

王魏凱回到二樓房間，方才聽見的鳥啼聲仍然未停。

他靠著牆，在床邊坐下。

王魏凱凝神看向窗外的那座白色陽臺，專注的側耳聆聽。

「王魏凱，我來了，開門！」

他靜下心來，忽然有種感覺，彷彿只要一直坐在這裡，就能等到女孩的身影從窗口出現。

帶著宛如貓瞳的一雙眼睛出現。

閃電劃破天際，轟然而降，落下一場大雷雨。

背著書包的學生在巷弄裡拔腿狂奔，一哄而散，各自回到家中。

淋成落湯雞的王魏凱奔上二樓，焦躁地把溼透的制服脫掉，換上便服，再下樓從冰箱裡拿出一包雞蛋麵，開始煮今天的晚餐。

有人從他背後搖搖晃晃的走近。

「去買酒。」王父滿身酒氣。

王魏凱沒理他，打開魚罐頭往鍋裡倒。

「我叫你去買酒！」

王父一掌朝兒子後腦狠狠打下，力道大得使他跌坐在地，無法即刻起身。

王魏凱用力眨著眼睛，甩了甩頭，試圖甩開在眼前竄飛的幾顆金星。

好不容易站起身後，他轉身面向父親，冷冷地說：「你直接去喝農藥吧，廢物！」

那一天的雨聲太大，附近鄰居都沒聽見他們的打鬥及咒罵聲。

但就算聽見了，鄰居也不會大驚小怪。他們知道王父向來懶惰又不務正業，連晚上都要抱著酒瓶睡覺，是個不折不扣的酒鬼。

王父三不五時就發酒瘋鬧事，酒醉後只要稍不順心，就會毆打家人出氣，先是打老婆，打到老婆跑了，現在開始換打兒子。

父子倆經常在家裡上演全武行，起初鄰居還會為王魏凱擔心，不過這樣的情況久了之後，旁人也漸漸習以為常，只要不鬧得太嚴重，幾乎都不會出手干涉。

隔日早晨，王魏凱僅穿著一條四角褲坐在床上。

他正用畫筆在素描本上作畫，耳機裡的搖滾樂咚咚作響。他畫得太專心，渾然不覺身邊的動靜，因此當有人突然用雙手在他的肩上重重一拍時，嚇得他差點從床上跌下來。

「妳！」王魏凱摘下耳機，對著在他背後捧腹大笑的少女氣惱喊道：「妳又隨便跑進我房裡！」

「我剛才有敲窗戶，可是你一直沒回應，我就只好自己從窗外爬進來嘍！」留著學生頭的清秀少女笑瞇了眼。

「就算這樣，沒有經過我的允許，妳也不能亂闖進來啊！」

「那你就別在窗戶底下擺梯子嘛，也不要把窗戶打開就好啦。」

王魏凱語塞，很快就放棄與她繼續辯論。

每次兩人爭到最後，他永遠都是投降的那個。

少女坐在床邊，一雙白皙細腿隨性地往前伸直，她隨意翻了下床上的七龍珠漫畫，扭頭注意到他手上的畫本，「你又在畫畫了？這次是畫什麼？」

王魏凱還來不及反應，她就一把奪去，「哇，是龍耶，畫得好細膩喔！」

他嘆了口氣，走到衣櫃前，隨便抓出一件衣服套上，「怎麼在這時候跑過來？」

「來看看你怎麼了呀，你昨天是不是跟叔叔吵架了？」

「妳有聽到？」

「一點點。」糖糖悄無聲息地湊近王魏凱。

「安啦，還沒死。」王魏凱穿好褲子，才一轉身，女孩的臉就倏地在眼前放大，把他嚇了一跳。

「可是你的臉上有傷。」她指著他的左臉頰，「而且脖子也紅紅的，像被勒過一樣，後面還破皮了呢。」

「……」

「唉，我就知道會這樣。」糖糖彎身從床底下找出一個塑膠袋，打開一看，裡頭裝的全是醫療用品。

王魏凱傻眼，「妳什麼時候把這些東西塞到我床底下的？」

「前天呀，你去上廁所的時候。」她嘿嘿笑了兩聲。

每次只要王魏凱一和父親吵架，糖糖就會在當天晚上或是隔天跑來找他。

她家就住在王魏凱家的斜對面，是一棟獨戶的透天厝，糖糖家不只裝潢氣派，二樓還有一座美麗的白色陽臺，那是她房間的陽臺。

糖糖家裡的長輩個個來頭不小，她的父母皆是大學教授，爺爺還曾經擔任過立法委員。雖然家世背景雄厚，但全家爲人和氣，對誰都十分親切有禮，從來不曾擺出一副高高在上的姿態，因此小村的居民對他們一家人的印象都非常好，對於他們家兩個孩子更是疼愛有加。

這個一天到晚跑來找王魏凱的女孩，大家都叫她「糖糖」。

她不僅遺傳了父母的聰明腦袋，更遺傳了母親的美貌，尤其左眼下的一顆痣，長在她那小巧精緻的臉蛋上一點也不顯得突兀，反而恰到好處。

她舉手投足無論何時都端莊得像個小公主，永遠笑臉迎人，對誰都會親切的打招呼；此外她的成績也相當出色，從小到大所拿到的獎狀，多到連房間牆壁都快要貼不下。

聰穎可人的糖糖向來備受所有人的寵愛，然而這樣完美的她，只有在王魏凱面前，才會表現出自己調皮任性的一面。

「欸，小凱，我問你喔。」

「跟妳說過幾次，不要叫我小凱，我的年紀明明就比妳大……好痛！」王魏凱叫了聲，回頭抱怨：「輕一點行不行？」

「忍一下嘛。」糖糖拿著棉花棒輕拭他頸後的傷口，「我問你，你每天都在畫畫，將來有沒有打算要做什麼？」

「什麼？」

「就是夢想呀，你應該是心中有個目標，才會一直作畫吧？」她好奇地偏頭，「你是不是想當刺青師？」

王魏凱一驚，差點就將「妳怎麼知道」這句話脫口而出。

糖糖揚起笑容，「我常看到你在自己的手臂上畫東畫西，有時候是動物，有時候是藝術字，就猜到你可能對刺青有興趣。而且每次跟你去逛夜市的時候，你都會停在刺青店門口好久！」

王魏凱沒有答腔。

「我猜中了對不對？」擦好藥，糖糖坐到王魏凱面前，朝他伸出一隻手，「來。」

「幹麼？」他不解地望著她。

「小凱還沒有在其他人身上畫過圖樣吧？你就把我當成是你的第一位客人，畫在我身上試試。老闆你好，我要刺青！」

王魏凱失笑，「白痴，妳以爲在玩扮家家酒啊？」

「就當作是練習嘛，就算沒有工具也沒關係，難得有眞人給你練習，不是很好嗎？」

他凝視著面前那雙纖細的手，搖了搖頭，「免了，就算要練習，我也不會拿妳來練。要是被妳爸媽看到我在妳手上亂畫一通，不被他們罵死才怪。」

王魏凱話音一落，那雙像貓咪一樣閃爍著聰慧光芒的眼睛，漸漸黯淡下來。

「眞的不行嗎？」

見她臉上沒了笑意，王魏凱不禁愣了一下。認識女孩這麼久，他很少見到她這麼失落，心裡不免有些動搖，對於這樣的糖糖，他一向沒輒。

王魏凱心裡還在猶豫，沒想到糖糖隨即抓起他的右手，用力咬了一口！

他大叫一聲，迅速將手抽回，「喂，妳發什麼神經？很痛欸！」

「誰叫你不答應我，如果你不點頭，我就再咬。」糖糖氣呼呼地鼓起腮幫子。

「眞是瘋子。」王魏凱甩甩印著齒痕的手，完全投降，「那妳要答應我，等我畫完以後，一定要把手洗乾淨才能回去喔。」

「好！」糖糖臉上重新綻開笑顏，眼神閃閃發亮。

於是在這個悠閒的週六上午，他們兩人待在房間裡，安靜地面對面坐著。

王魏凱認眞地在糖糖白皙的手背上作畫，她卻不時扭頭擰動著身子。

他皺起眉頭，「妳不要一直亂動啦！」

「可是好癢喔。」糖糖仰頭，呵呵笑個不停。

「妳幹麼老是盯著天花板看？」王魏凱不解。

「因爲我想等到最後再看小凱幫我畫了什麼呀！」

三十分鐘過去，王魏凱終於將圖案繪製完成。

看到糖糖因爲脖子發痠，頻頻按摩頸部，他忍不住笑了，「自討苦吃。」

王魏凱用黑色原子筆在糖糖的右手背畫上一對翅膀。

無論是羽毛的精緻度，還是陰影漸層的呈現，王魏凱都描繪得非常仔細逼眞，那雙翅膀彷彿隨時都會脫離女孩的手，展翅飛走。

糖糖盯著手背上的羽翼，眼睛眨也不眨。

王魏凱挑眉，「怎麼？不滿意？」

「不是……」她搖頭，抬眸望進他的眼底，「小凱，你畫得很漂亮，眞的非常非常漂亮！」

他沒想到糖糖會這麼愼重的稱讚他，頓時有些難爲情，不曉得該如何回應。

「我不想洗掉了。」

「喂，妳答應過我的。妳這樣回去會挨罵啦，妳想害我嗎？」王魏凱緊張地說。

她的視線離不開羽翼，「可是我眞的眞的好喜歡喔。」

「別鬧了啦，妳喜歡的話，下次我再幫妳畫就好，拜託妳不要這樣回家！」

糖糖噘嘴，高高舉起右手，痴痴地凝望著那雙翅膀。

陽光從女孩的指縫間穿過，強烈的背光讓翅膀看起來像是隱匿在暗處。

糖糖朝窗外天空伸直了手，似乎想放走手背上的翅膀，讓它盡情翱翔。

「小凱，如果以後你眞的成爲一個刺青師，可以幫我紋上跟這個一模一樣的翅膀嗎？」

「喔，好啊，妳想紋在哪？」

「胸部。」

「喂！」他傻眼。

「嘻嘻，開玩笑的啦。既然是翅膀，當然要紋在背上嘍。這麼美的翅膀，我想要永遠保留在身上。」她戀戀不捨地撫摸翅膀，像是在對待一件珍寶般小心翼翼，露出心滿意足的笑容，「這是小凱送給我的翅膀。」

王魏凱怎麼也沒想到，自己一直放在心中的祕密，竟會被糖糖發現。

他十歲的時候，母親還沒有離家，有天他和母親去逛夜市，看到有人在路邊幫客人刺青。好奇的他，趁母親在攤子挑衣服的空檔，溜上前看個仔細。

身材壯碩的刺青師戴著手套，在一名男子背上，用紋身機器一筆一筆細細描繪出一幅畫。

細針密密地扎落在皮膚上無數次，那種用身體疼痛所換來的美，使當時的王魏凱不知不覺看得入迷，甚至渾身起了雞皮疙瘩，初次親眼目睹刺青過程，帶給他相當大的震撼，他永遠也忘不掉那一天。

從那天起，他開始瘋狂學畫，那段期間，王魏凱經常跑到那位刺青師的店裡跟前跟後，纏在老闆身邊觀摩學習，也開始會在自己的身上練習作畫。

王魏凱十四歲那年，教他刺青的師傅送了一台電磁式紋身機給他，直至現在，他仍然忘不了這輩子擁有第一台紋身機的興奮。

他遵循師傅的教導，先在豬皮上紋出圖案的輪廓，再練習「打霧」，也就是所謂的上色。一段時間過後，他漸漸抓住了手感，才開始紋在自己的身上刺青。

王魏凱不曾對任何人透露他正在學刺青的事，包括糖糖。

但他忘了這個女孩有多聰明，觀察有多敏銳，就算不說，糖糖也早已察覺。

「我們說好了，小凱你以後一定要幫我刺一雙翅膀喔！」

許下約定的那個夏天，王魏凱十五歲，糖糖十三歲。

溫柔體貼的糖糖，面對王魏凱酗酒成性的父親，依然保持一貫的乖巧有禮，即便鄰居看向他的眼裡時常帶著毫不遮掩的唾棄，糖糖卻從來不曾對他表現出一絲輕蔑與厭惡。

也許正因爲如此，就算糖糖經常跑來家裡玩，王魏凱也不曾見過父親爲此動怒。

如同青梅竹馬般一塊長大的兩人，到了青春期，王魏凱卻開始想和糖糖保持距離。

升上國中的糖糖，變得更加亭亭玉立，更成了許多男孩夢寐以求的對象。

青春期的男孩，總喜歡擺出對身邊一切不屑一顧的酷帥模樣。而糖糖卻三天兩頭跑來找他，黏在他身邊打轉，不免讓王魏凱有些頭痛。

就算身邊的朋友都將糖糖視爲女神，但對王魏凱而言，她不過就是一個愛黏人的妹妹，以前他還可以在她面前自在地只穿條四角褲走來走去，但現在他已經無法像從前那樣坦然無忌。

成長帶給王魏凱許多轉變，無論是想法、眼界、心境，都讓他變得和以往有所不同。因爲懷有成爲刺青師的夢想，王魏凱閒暇時很少跟同學到處鬼混，與其成天跟他們吃喝玩樂，他寧可把這些時間拿來磨練畫技。

每逢假日，他醒來做的第一件事就是畫畫，畫累了，就翻找出放在枕頭底下的黃色書刊，稍微放鬆一下。

偏偏糖糖有時會選在這個時候闖進來。

「小凱，你在幹麼？」

一個剛下過雨的早晨，糖糖突然打開王魏凱的房門，這次她還將年幼的弟弟一塊帶來。

「妳眞的是……」雖然及時把書刊塞回枕頭下，王魏凱話還沒說完，就被糖糖打斷。眼尖的她伸手朝他枕下一指，「你又在看色色的東西了，對不對？」

「什麼色色的東西？這超健康的好不好，世界名著耶！」王魏凱翻了個白眼，朝她身旁的七歲小男孩望去。

「元承，來。」他招招手，將男孩喚到身邊，從枕頭底下抽出那本知名爆乳女模的寫眞集，「魏凱哥哥念故事書給你聽，這是身爲男人都應該要讀的優良書籍喔。你看，這個女生的胸部豐不豐滿？腰也很細吧？是不是跟你姊姊完全不一樣？」

「王魏凱，你在幹麼？不許給我弟弟看那個！」糖糖尖叫，氣得將男孩一把抓回身後。

王魏凱是在高中那時開始接觸女人的身體的。

他不是個愛跟異性打交道的人，但他身上散發出的冷漠隔閡感，反倒吸引了一些女孩的注意，不用他開口，自然就會有女生主動向他示好。

他曾經和女同學在學校的廁所做愛，也曾在隨時會有人經過的樓梯間與學妹做過。有時王魏凱看到對方直接拉開他的褲襠拉鍊，自動蹲下身索求他的身體，他心裡就會有種奇妙的感覺。也許在性事的渴望上，女人的需求並不輸男人，心態甚至可以比男生還要灑脫，哪怕是看起來再道貌岸然的女孩也一樣。

這點在他高一時，與拿過模範生獎的氣質學姊在保健室翻雲覆雨，最後看她笑咪咪地將自己的精液吞下，內心所受到的驚嚇便可確定。

王魏凱與異性的關係看似複雜，但也不足來者不拒。

假如對方不是抱著逢場作戲，各取所需的心態，王魏凱就絕對不碰。

他比誰都還要厭惡這種麻煩，所以在確定對方和他是屬於「同一類人」之前，王魏凱不會貿然接受對方，更不會誤觸地雷，這中間分寸他一直以來都拿捏得很好，因此也從未出過事。

週六天色剛亮，馬上就被厚厚的雲層披蓋，灰濛濛的天空不見半點光明。

王魏凱這天起得早，坐在窗前一邊抽菸，一邊眺望雨景。

他的目光不自覺地飄向斜對面的屋子。

儘管整條巷弄都籠罩在陰鬱的天色之中，那座白色陽臺卻彷彿與周遭景物隔絕似的，始終醒目明亮。

白色陽臺的屋簷下還懸掛著幾件衣物，儘管下著雨，但風很小，因此衣物還不至於被雨打溼。

然而王魏凱面色卻有些尷尬，因爲晾在陽臺上的，是糖糖的內衣褲。

除了幾件素色內衣外，他清楚看見其中一條橘黃色爲底、有著白色圓點的內褲。微風輕揚，那條內褲就跟著隨風飄蕩，在他的視線中不斷晃動。

王魏凱就這麼靜靜盯著那條內褲，直到身後傳來一陣敲門聲。

「小凱，你在做什麼？」糖糖的臉從門後探進來。

「沒有啊。」他收回視線，掩飾尷尬般多抽了幾口菸。

女孩一進房，馬上捏住鼻子喊道：「你又在抽菸了，好臭喔！」

王魏凱只好百般無奈地將菸熄掉，視線移向她手裡的袋子，「那是什麼？」

「甜甜圈呀，找你一起吃！」糖糖坐到他身邊，挑出一個灑滿糖粉的給他，「剛出爐的喔，不過因爲我在樓下和叔叔聊了一下，所以有點涼掉了。」

他睨她一眼，大口咬下甜甜圈，「和那種人有什麼好聊的？」

「叔叔說不定很寂寞呢。」糖糖微勾脣角，拿出另一個甜甜圈。

聞言，王魏凱忍不住發笑，「屁咧，寂寞？妳以爲他是什麼人？」

「小凱的爸爸。」

「對我來說，他就是一個廢人。我不需要這種爸爸。」王魏凱不以爲然地冷哼。

糖糖默默吃了一會兒，目光轉向窗外的細雨。

「小凱，你畢業後打算做什麼？」

王魏凱沉吟片刻，「還沒想到，但肯定是直接工作。」他舔了舔沾在指尖上的糖粉，

「反正不管做什麼，都會繼續學習刺青就是了。」

「在這裡學嗎？」

「不是，在這邊又沒什麼搞頭。我要去台北，這樣才能徹底擺脫樓下那個酒鬼。」

「所以你打算離開這裡？」

王魏凱這時才注意起糖糖的神情，她正專注地看著自己。

他停頓數秒，低應：「嗯。」

糖糖深深望進他的眼底，眼中的光芒漸漸暗下。

沉默了一會兒，她忽然開口：「不知道小凱三十歲的時候，會是什麼模樣呢？」

「三十歲？爲什麼不是二十歲？」

「你現在都十七了，就算二十歲，應該也不會和現在差太多，所以我才好奇你三十歲時的模樣呀！」

「喔。」他接受她的說法，「那妳覺得那時的我會是什麼樣子？」

糖糖仔細地盯著他，伸手輕輕觸摸他的臉。

「我覺得，小凱你會變得更勇敢，更有自信；你的眼神也會變得更沉穩，更深邃，更漂亮。」她的指尖滑過他的鼻梁，輕點嘴唇，最後是下巴，「你會留一點點鬍渣……聲音變得更加低沉，個子也會變得更高；可是，無論小凱你變成什麼模樣，就算多年不見，我還是會一秒就認出你的。」

女孩柔軟細嫩的手指貼在王魏凱的臉上，一股沁涼自他的胸口流過，引起他一陣輕微顫慄。

王魏凱並不是沒想過把糖糖當成普通的異性看待，但是這些年以來的青梅竹馬情誼，早讓兩人之間的關係變得比親人還要更加緊密。

對他而言，糖糖太過美好，王魏凱早有自知之明，這個女孩不是他可以隨意對待的對象。她和自己所接觸過的那些女生，完全不能相提並論。

她是天使，也是讓人不願醒來的美夢，是他長久以來用心呵護，不容許他人玷污的珍寶。

雖然糖糖近在身邊，可是王魏凱從來就無法輕易觸碰她，在他心目中，糖糖始終是他最不能踰矩的禁忌。

「妳確定等我三十歲時還能一眼認出我？要是妳三十歲了，我恐怕認不出妳喔！」王魏凱故意打趣道：「我的記性不好，幾年沒見到妳，可能就把妳的臉忘得差不多嘍，哈哈。」

糖糖沒有跟著王魏凱一塊笑。

她的表情空洞，眼神悠遠，「我沒有辦法想像自己三十歲的樣子。對我來說，那太遙遠了。」

「嘿，我告訴妳，時間可是過得很快的，我現在還覺得第一次看見我師傅刺青，就像是昨天發生的事一樣，一轉眼我也已經十七歲啦！時間這玩意，在妳沒有察覺時，咻一下就溜走了，根本不夠用，所以千萬別小看哪！」王魏凱語氣故作老氣橫秋。

「可是對我來說，每一分鐘，都像是一年那樣漫長。就連從晚上到清晨的這段時間，我都覺得像是過了一個世紀，不管怎麼等，就是等不到白天。」糖糖淡淡回應。

「怎麼可能？睡一覺起來不就天亮了嗎？睡不夠的時候，我還嫌夜晚太短了，哪有妳說得這麼誇張？」王魏凱不解。

糖糖微微一笑，沒再繼續說下去，抬頭定定地看著他。

「小凱，我想拜託你一件事。」她的眼底閃著一抹微光，「將來，你應該會想開一間自己的刺青店，對不對？」

他頓了頓，「我是有過這個想法……怎麼突然問起這個？」

「假如你以後眞的開了一間刺青店，可不可以把你的店名，取名叫『Andrea』？」

「爲什麼？這是什麼意思？」

「我的英文名字呀！」她燦然一笑。

「我爲什麼要用女生的名字來當店名？娘死了，不要！」

「才不會呢！你沒聽過Andrea Bocelli 安德烈．波伽利這位義大利歌手嗎？他的名字就是Andrea呀，明明就是個很棒的名字，哪裡會娘！」糖糖不服氣，鼓起腮幫子，「不管啦，到時你一定要用這個名字，不然我就每天托夢給你逼你用！」

「什麼托夢啦，妳講得很恐怖耶。」

「我是認眞的，你還答應過要幫我刺青，不可以黃牛！」

「小姐，等妳高中畢業再說吧，妳以後來台北，我就幫妳刺青。」

「台北？」

「對啊，妳不來我怎麼幫妳刺青？」見她一臉茫然，王魏凱挑眉，「怎麼了，妳不想去？」

「沒有，不是不想。」

「那妳在猶豫什麼？以妳的成績要考台北的大學，應該輕而易舉吧？還是妳不想去台北念書？」

她搖搖頭，緩緩啟口：「……我沒想過有一天會離開這裡。」

「眞的假的？妳留下來要幹麼？這裡荒涼得要死，一間大學也沒有，難道妳打算高中畢業就直接在這裡找個人嫁了？」王魏凱大吃一驚。

糖糖低下頭，「我只是覺得，自己好像永遠都離不開這個地方了。」

「妳在說什麼啊？等妳高中畢業，想離開的時候自然就能離開啦。我期待這一天的到來很久了，一秒都不想在這裡多待！」

聞言，糖糖抬眸，深深地望著他。

「小凱，你要回來看我。」她語氣愼重，一字一字清晰地說：「等你三十歲的時候，一定要回來這裡看我，好不好？」

「妳今天是怎麼回事？幹麼老是說一些怪里怪氣的話？」王魏凱一頭霧水，「而且爲什麼要等到三十歲？」

「因爲我想知道自己那時是不是還待在這裡。」

王魏凱忽然覺得自己像在和一個哲學家說話，糖糖的每一句話都令人費解，他不禁眉頭深鎖，「我眞的完全聽不懂妳在說什麼。總之，如果妳以後去台北，我們就可以一起生活，不用等回到這裡才能見面呀。雖然我在這個小村落長大，可是對這地方毫無留戀，無時無刻都想離開這裡，好擺脫樓下那個人，盡情做我自己想做的事情，過我想要的人生！」

「那你對我也沒有任何留戀？」糖糖問。

王魏凱一愣，伸手推推她的額，「白痴喔，我又沒有這麼說！」

「你眞的這麼不喜歡這裡？」

「與其說不喜歡，不如說是受夠了。」王魏凱反問：「不然妳告訴我，這裡有什麼地方値得我回來？」

「就是這裡，小凱的房間。」糖糖不假思索地回答：「因爲我在這裡跟你度過很多快樂的時光，所以，我會想回來這裡。」

她神情眞摯，眼神懇切，使王魏凱一陣語塞，忍不住別開視線。

「哎呀，妳現在嘴巴這麼講，等到妳上了大學，認識一堆腦袋瓜跟妳一樣聰明的男生之後，搞不好就會嫌我笨，從此懶得理我了。」王魏凱低笑，「如果到那時候妳還瞧得起我，不覺得我沒出息，當然OK啊！」

「如果我到時還在這裡，你會願意回來看我？」

「是啊，不過等到我三十歲時，妳應該也二十八了吧？都過了十三年了，妳確定自己眞的會留在這兒？」

糖糖篤定地頷首，「不管我之後去了哪裡，做了什麼事，在小凱三十歲生日那天，我一定會在這裡。」

王魏凱沒有回應，只是回望著她。

「我會等你。」糖糖的眼神堅定，「一直在這裡，等你回來找我。」

他曾經問過自己，到底愛不愛糖糖？

假如當時眞要王魏凱回答，他會坦承，他愛她。

只是那種「愛」，跟糖糖對他的「愛」，究竟是否一樣，王魏凱始終無法眞正確定。

他雖然極度渴望離開這個長年困住他的小村落，卻也發現其實自己的內心深處仍然放不下糖糖。王魏凱不確定待兩人分別之後，自己會不會時時刻刻瘋狂地想念著她，還是等熬過了一段時間，就能習慣沒有她陪在身旁的日子？

也許非得等到那個時候，他才能釐清答案。

但無論如何，在那之前，王魏凱都願意等她。

要是糖糖高中畢業眞的去台北找他，那麼他也會傾盡所有，繼續當她的小凱，永遠留在她身邊。

爲了女孩此刻對他許下的這番諾言，王魏凱願意努力。

只要她沒變，他就不會變。

「王魏凱，我來了，開門！」

某個風雨交加的颱風夜，王魏凱被房間窗外傳來的陣陣敲打聲擾醒。

王魏凱連忙跑上前打開窗戶，一見到糖糖，臉上滿是錯愕，「小姐，妳瘋啦？現在都幾點了還跑出來？沒看到外頭風雨這麼大嗎？」

「你先讓我進去啦，要是害我從梯子上摔下去，你要負責喔！」

他急忙將糖糖拉進屋裡，皺眉看著她脫掉雨衣，「怎麼回事？為什麼在這時候跑過來？」

糖糖吐吐舌，「我睡不著。」

「睡不著妳就在颱風天溜出來？這樣很危險妳知不知道？」

「我知道呀，可是我今天就是睡不著嘛，在床上躺了好久，只能對著天花板乾瞪眼，好痛苦喔。」她央求道：「小凱，今晚讓我待在你這裡，好不好？」

「當然不好！妳想害我被妳爸媽殺掉嗎？」王魏凱被她的提議嚇了一跳。

「等天亮我就會回家了。」

「不行就是不行，我怎麼可能讓妳在這裡過夜？要是被發現怎麼辦？」

「我家人都睡了，他們不會發現的，只要在他們起床前回去就沒問題了。」她雙手合掌，「拜託你，小凱，只要今晚就好了，我保證只有今天，眞的！」

見糖糖一副可憐兮兮的模樣，王魏凱當下還眞不知道該拿她怎麼辦才好。

眼看外頭風雨漸大，他內心掙扎了一陣，最後只能沒輒地妥協。

他讓糖糖睡床上，自己打地鋪。

王魏凱關了燈，在黑暗之中躺下。

他朝著糖糖的方向深深嘆了一口氣，「都幾歲的人了還怕颱風？怎麼不去找妳媽媽陪妳一起睡？」

「我就是突然很想來找小凱呀！」她嬌滴滴地回。

「少來，妳這招對我不管用。」王魏凱雙手交疊放在腦後，「天一亮就要馬上回去，知道嗎？」

「好啦。」

他閉上眼睛，沒多久便聽到糖糖翻身的聲音。

她細細甜甜的嗓音傳來：「小凱，你有沒有喜歡的女生？」

王魏凱張眼，「沒有。」

「那你有沒有跟女生接過吻？有沒有抱過女生？」

「大半夜問這些東西幹麼？快點睡啦！」

「你不回答，一定就是有。」糖糖悶聲咕噥：「等以後小凱去台北交了女朋友，一定馬上就會把我忘得一乾二淨。」

王魏凱忍俊不住，「妳現在就開始捨不得我嘍？」

「才沒有呢。」

糖糖沒再出聲，王魏凱以爲她睡了，也翻了個身，放任自己意識逐漸矇矓。

這時，他隱約感覺身上的被子似乎被人輕輕掀開一角。

一具溫暖柔軟的身軀，隨後小心翼翼地貼了上來。

王魏凱立即睡意全消，彈跳起來，低吼：「喂，妳在搞什麼？」

「我想跟小凱一起睡。」糖糖躺在他身旁，一臉無邪地看著他。

「拜託妳別鬧了好不好，妳難道不知道隨便鑽進男人被窩裡有多危險嗎？」

她咯咯笑，「你的語氣好像老頭子喔。」

「去，妳才老頭子，快滾回床上睡覺，不然我就對妳不客氣嘍！」

糖糖好奇地眨眨眼，「怎樣不客氣？」

王魏凱一陣無言，不懂這小妮子到底在想什麼。

糖糖拉住他的手，輕聲說：「我覺得如果身旁有小凱在的話，就能睡得很安穩，可以沒有惡夢地一覺到天明。」

王魏凱納悶，「妳常作惡夢？」

她點頭。

「爲什麼？」

「……」

王魏凱無奈地嘆了口氣，默默躺回去，「僅此一次，下不爲例喔。」

糖糖聞言，隨即開心地摟抱住他，卻不知這個舉動換來王魏凱的全身一僵。

她的清香及體溫，讓王魏凱的呼吸瞬間凝滯。

糖糖動了動身子，完全貼在他的身上，王魏凱下意識吞了一口唾沫，身體不僅僵硬得無法動彈，甚至連想喘口氣都沒辦法，「……妳確定眞的要這樣睡？妳到底是眞笨還是假笨，故意在考驗我的自制力嗎？」

「什麼自制力？」她的聲音含糊不清，透著濃濃睡意。

「妳少裝傻，別以爲我眞的不敢對妳怎麼樣……」

「沒關係。」糖糖話音幾不可聞，「沒關係……」

沒關係個頭！王魏凱懊惱地在心裡罵了句。

糖糖動也不動地擁著他，已然沉沉睡去。

只是這下子，換王魏凱睡不著了。

他一邊瞪著漆黑的天花板，一邊極力迫使自己不去注意褲襠下的不安分，簡直不知道該如何是好。

無奈之餘，他其實也有些驚魂未定。

要不是糖糖睡著了，或許下一秒，他眞的就會不顧一切地直接抱住她。

看著她安心的睡臉，王魏凱非常慶幸自己忍住了。

窗外的風雨依然猛烈，強風不時吹得窗戶砰砰作響。

對王魏凱而言，這一夜並不平靜，不管是窗外的風雨，還是自己的內心。好不容易總算有了睡意，他的身子漸漸放鬆，跟著懷中的女孩一起進入夢鄉。

經過一夜肆虐，翌日清晨，風雨平息了。

之後的幾天，天氣仍然陰晴不定，一陣又一陣的細雨讓王魏凱家中積了一堆洗好的衣服，無法晾曬。

三天後，久違的太陽終於露臉，趕在出門上課之前，他一口氣將所有衣物拿出去晾。

放學回家後，王魏凱發現父親不在，曬在外頭的衣服也沒人收。

王魏凱嘖了一聲，捧著一疊父親的衣服走進他房裡，隨意往他床上一扔，正想走出去，卻嗅聞到房裡充斥著一股刺鼻的腐臭味，空酒瓶散落，床上還放著一盒沒吃完的便當，也不知道是多久以前買的，裡頭的食物早已腐壞發臭，還有幾隻蒼蠅在上頭飛舞。

眼前這一幕髒亂的景象讓王魏凱眉頭深鎖，氣惱地將垃圾全丟進垃圾袋裡。他不容許這種噁心的味道存在。

大致上清掃完畢之後，他繞回床邊，彎身檢查床底下是否有垃圾，結果在一堆布滿灰塵的空酒瓶中，瞥見有樣東西卡在床和牆壁間的夾縫之中。

他一時無法看清楚那是什麼，只好爬到床上往牆邊伸手探摸，最後還是拉開床墊，才順利將那樣東西取了出來。

王魏凱不可置信地瞠大眼睛，恍如遭受雷擊，動也不動地僵在原地。

那是一條女性內褲。

橘黃底加上白圓點的布料，看起來十分眼熟……眼熟到王魏凱幾乎一眼就認了出來。

那是之前他在糖糖家的陽臺上看見的內褲。

這條內褲現在已經變得皺巴巴，摸起來的觸感不像是剛洗過，反倒像是穿過之後再脫下來的。

王魏凱思緒停滯，呼吸越來越急促，雙手更是不可抑制地顫抖。

他做了個深呼吸，緩緩攤開那條內褲。

他的心跳如鼓，一下又一下重擊在他的胸膛。

最後，王魏凱在內褲底部，看見一抹乾涸的白色液體……

「叔叔說不定很寂寞呢。」

突然間，在他耳邊劇烈作響的心跳聲消失了。

四周安靜下來，王魏凱眼前的世界，從此陷入一片黑暗。

隔日放學，王魏凱一回到家，還未放下書包，就朝長廊盡頭走去。

他隨手將書包放在走廊的椅子上，打開房門，只見王父滿臉通紅，抱著還未喝完的酒瓶躺在床上打鼾，昏睡得不省人事，連枕頭都掉落在一旁的地上。

王魏凱站在床邊不發一語，低頭俯視著男人良久。

他撿起地上的枕頭，爬上父親的床，跨跪在父親身上，靜靜地等待。

就在父親正要準備大口吸氣的瞬間，王魏凱舉起枕頭，往他的臉上用力蓋了下去。

這一刻，他無法思考，也不想思考。

映在他眼裡的，只剩下憤恨的殺意。

王魏凱使出渾身力量壓制住父親，不讓他呼吸。不一會兒，身下的父親開始想要掙扎，卻因爲喝得太醉，四肢發軟使不上力，絲毫無法反抗。

看著父親像隻溺水的小狗般死命掙扎，王魏凱全然不爲所動。

他面色陰冷，雙眼通紅，一心一意想置對方於死地，好讓這個禽獸馬上從這個世界上消失！

王父掙扎的雙手漸漸無力地垂落，王魏凱非但沒有因此鬆懈，反而微微傾身，加重力道，打算結束一切——

「小凱。」

耳邊驀地響起一聲呼喚，王魏凱全身一震，彷彿突然從夢魘裡醒轉過來。

糖糖背著墨綠色書包，身著乾淨白襯衫及黑色百褶裙，不知何時出現在房門口。

「小凱。」她柔聲說：「你不要這樣。」

王魏凱死死地盯著她，一句話也說不出來。

糖糖烏黑的瞳孔看不出情緒，只是對王魏凱露出一個淺淺的微笑。

即便到了這個時候，她的笑容看起來還是那樣純潔無瑕……

「你不要怪叔叔。」女孩唇角弧度不減，「叔叔是因爲太寂寞了，才會不小心犯錯的。」

糖糖的笑顏及話語，讓王魏凱腦中一片空白。

他原本壓著枕頭的手，逐漸失去了力氣。

就在這一刻，糖糖所帶給他的那些希望與美好，就像一面摔得粉碎的鏡子，再也無法拼湊完好……

「小凱，別哭。」

王魏凱渾身一震，猛然睜開眼睛，瞬間清醒。

四周不知何時已被一片幽暗籠罩，遠方的零星燈火在窗外閃耀著點點光芒。

與載元承道別之後，他回到房間裡，一個人回憶著往事，不知不覺間就睡著了。

王魏凱茫然地盯著窗外出神，心跳甚至有些微微加速。

方才，他眞的以爲聽見女孩在喚他。

冬天的夜晚很快就來臨了，外頭的景色像是披了一層濃墨般漆黑。

王魏凱靠在窗邊，望著天際的星辰許久，最後走到書桌前，從最底層抽屜取出一個塵封已久、有點泛黃的信封。

那是他當年離開這裡的前一天，糖糖交給他的信。

當時他沒有勇氣拆開，只是原封不動地將這封信藏了起來。

然而，儘管過了這麼多年，在攤開信紙的那一刻，他發現自己的心情竟然還是如此沉重，像被層層鎖鏈牢牢桎梏般，令他感到難以喘息。

直到這時王魏凱才知道，自己並沒有如同糖糖當年所說的那樣，變得更爲勇敢。

小凱：

你還記不記得，我以前曾經在颱風夜裡溜到你房間，要求和你一起睡覺？
那一晚，其實是我這麼多年以來，睡得最安穩的一次。

其實我很希望你那晚可以抱抱我、親吻我。
但或許是因爲待在你身邊太讓我安心了，所以還沒等到你這麼做，我就已經睡著了。

如果我沒睡著，你會吻我嗎？
你知道我是愛你的，對不對？

我一直走在黑夜裡。
無法停下腳步，也無法安眠。
正常人的一分鐘，是我的一天；而正常人的一天，是我的一年。
我的時間走得太慢了，慢得我看不見明天，不知道我的明天在哪裡，也不知道究竟還要等多久，才能等到天亮？
後來我才發現，原來只有在小凱你身邊的時候，我才能置身於白天。

白天太短暫，夜晚太漫長。

你在白天，而我在夜晚。

我看得見在光下的你，你卻看不見在黑暗中的我。

我始終不敢讓你看見那樣的我，因爲我害怕你會從此離我而去。

你還會等我嗎？

等我去了台北，你還願意見我嗎？

小凱，你還在生我的氣嗎？

發生那件事之後，王魏凱就不曾再主動與糖糖聯絡，竭盡所能地疏遠她、逃避她，甚至緊緊鎖住自己房間的窗戶，不再給她溜進來找他的機會。

但偶爾和糖糖碰上的時候，她還是會態度自然地跟他說話，目光沒有絲毫閃躲。

每當那個時候，王魏凱卻像是得了失語症一樣，無法應聲。

他眞的沒有辦法繼續面對糖糖。

高中畢業那一晚，王魏凱在房裡打包行李。

他無時無刻不盼望著時間能走得更快一點，數盡了無數個黑夜，終於讓他盼到了這一天。

收拾完畢，他出門去買菸，回到家，發現信箱裡躺著一封糖糖給他的信。

王魏凱呆呆地盯著這封信發愣，怎樣也無法動手拆開。

結果，他還是沒有向糖糖道別。

天色才透著朦朧的亮光，他就拎著行李一聲不響地離開，走出了載滿兩人回憶的房間，走出了有她的世界。

等到王魏凱再次見到糖糖，已經是五年後的事了。

王魏凱離開故鄉兩年後，糖糖考上了台北的一所知名大學。

直到兩人重逢，他才知道她真的來到了他所在的城市，她沒有忘記彼此曾經約定要一起在台北相見的承諾。

那時王魏凱已經二十三歲，還未擁有自己的刺青店。

他先與別人合夥開業，店面地點位於一棟相當簡陋狹窄的老舊大樓之中，不過由於地處鬧區，加上客人的口碑相傳，生意還算不錯。

這幾年來，王魏凱不曾與糖糖聯絡，更沒有回去家鄉，因此並不曉得糖糖後來過得如何。

他曾經以爲，自己這輩子都不會再和她見面。

直到那一年十二月，在一個週六深夜，刺青店的大門忽然被人打開。正在店內喝茶嗑瓜子的幾名男子，見到站在門口的女人，霎時全部安靜下來，不約而同怔怔地望著她。

時光荏苒，糖糖不再是過去頂著學生頭的稚嫩少女，她已經長成一個容貌出眾的美麗女子。

她留著一頭宛如黑瀑的烏黑長髮，身著純白色的羽絨外套，配上藍色牛仔褲及灰色帆布鞋，右肩背著一只樣式樸素的包包，除此之外沒有任何配件，臉上甚至沒化什麼妝。

即使如此，她的美貌仍令人過目難忘。

五年的時光，讓她宛如一隻破繭而出的美麗蝴蝶。

糖糖的視線從幾名男子身上掃過，一看見王魏凱，唇邊隨即揚起一抹笑，直直地注視他。

王魏凱一時之間不知該作何反應，只能愣愣地看著那張笑臉離他越來越近。

她的眼眸飽含無限溫柔，專注望著他的模樣，就好像這世界上只剩下他一個人。

「小凱。」她的瞳孔清楚倒映出他的身影，「我終於找到你了。」

塵封在王魏凱心底角落的回憶盒子，在糖糖這聲叫喚之下，悄然開啟。

關店後，他們去到附近的便利商店坐了下來。

久違的相聚使兩人剛開始的互動並不熱絡，但也不至於無言以對。

這樣的寒夜，見王魏凱僅穿著一件單薄上衣和黑夾克，糖糖關心地問：「小凱，你不冷嗎？」

他搖頭，嗓音低啞：「不會。」

其實，王魏凱一直覺得渾身都在隱隱發顫。

並不是因爲天冷，但他實在不解自己爲何會有這種反應？

也許是他從來沒想過有天還會再次見到糖糖，心情多少有些激動。

「對喔，你從小就不怕冷，以前寒流來的時候，還常看到你穿著短袖跑來跑去呢！」

糖糖笑起來的時候，黑瞳裡總有道光在閃動，看起來就像是鑲在夜空中的星星般燦亮。

她是怎麼找到他的？

是因緣際會之下碰巧聽到他的消息，還是她一直都在尋找他？

王魏凱將疑問放在心底，他問不出口。

糖糖同樣也沒問他，爲何當年一聲不響就離開？爲何消失這麼多年，都沒有再和她聯絡？

兩人心中似乎都存在著一種心照不宣的默契，決定不輕易提起那段過去。

「小凱，你有點變了。」

「哪裡？」

「我也說不上來……就是覺得變了。」她頭一偏，笑盈盈地回：「大概是變得比以前更帥了吧。」

聞言，王魏凱揚起微笑，一顆心震了一下。

他沒想過，自己還會有對她展露笑容的一天。

「妳一直都在台北念書？」

「嗯，三年了。剛來台北的時候我有想過要找你，可是一直都沒有你的消息，也不知從何找起。這麼多年以來，過年也不見你回去過一次。」糖糖口氣淡定從容：「就在前幾天，我一個大學同學跟我介紹她的男友，那個人的手臂上刺著一條龍；我一看到那刺青，馬上就知道是小凱你的手筆，所以才能找到這裡來。」

王魏凱一臉狐疑，「怎麼可能？台北會紋龍的刺青師多的是，最好妳一眼就知道是誰紋的！」

「我知道喔。」糖糖聲音輕柔，語氣平靜，「因爲我曾在你的房間看過你畫出一模一樣的龍，所以我很肯定那是你畫的，絕不會錯。」

王魏凱斂起臉上的笑容。

「小凱，你還記得我們的約定嗎？」糖糖凝望著他的眼睛，「等我高中畢業來台北，你就會幫我刺青。你曾經在我手上畫過一對翅膀，那時你答應過我，等我們再見面，就會幫我紋上翅膀。」

王魏凱愕然，喉嚨發澀，「……妳是認眞的？妳眞的要刺青？」

「對。」她頷首，「而且，只有小凱能幫我刺青。」

於是，他們約好了下次再見面的時間。

糖糖平時課業忙碌，無法每天來找王魏凱，但只要一有時間，她就會到刺青店裡坐坐，也會買宵夜送去他家。

和她重逢的這段日子，讓王魏凱彷彿身處於過去般美好。

糖糖甜美溫柔依舊，對他的好依然一如往昔。

他們重拾以往的相處模式，偶爾鬥嘴開玩笑，也會故意調侃對方，就像是回到那段最純眞的時光。

然而即使如此，有些事情，王魏凱心裡還是十分清楚的。

對於這個自己曾經用心呵護的女孩，他發覺在自己內心深處，有個地方已經悄然改變了。

某個夜裡，王魏凱送糖糖回學校宿舍時，站在宿舍樓下，她主動親吻了他。

她的唇很柔軟，就像棉花糖一樣香甜。

這是他們第一次接吻，但對兩人來說，這一切似乎早就應該開始。

糖糖在他的唇上留連許久，但直到她退開，王魏凱都沒有半點反應。

他沒有熱烈地回吻她，也沒有將她緊緊擁在懷裡，只是用著空洞茫然的眼神注視著糖糖。

到了幫她刺青的那天，兩人單獨待在一間明亮安靜的小房間裡。

裸著上身的糖糖，像隻溫馴的貓咪趴躺在床上。

她的面容不見一絲緊張，反倒顯得從容不迫。

王魏凱告訴她：「如果過程中覺得痛，就告訴我。」

她緩緩點頭，表示明白。

他全神貫注地在女孩雪白的肌膚上，慢慢紋出翅膀的輪廓。

刺青過程進行得非常順利，中途也沒聽糖糖喊疼，或是露出半點痛苦的表情。

她就像是睡著一般，安心地閉起眼睛，脣角甚至勾起一抹像是微笑的弧度……

「我覺得如果身旁有小凱在的話，就能睡得很安穩，可以沒有惡夢地一覺到天明。」

糖糖沉睡的臉龐，讓王魏凱忽然想起了這句話。

這一天的刺青工作，就在他回想起這段過往之中完成。

過了幾天，王魏凱準備替糖糖背後的翅膀，進行最後的上色步驟。

糖糖這次沒有閉起眼，而是望向牆邊的鏡子，專心注視著王魏凱爲她刺青的身影。

「小凱。」

王魏凱抬眸，發現她正看著自己，「怎麼了？很痛嗎？」

「沒有，我只是突然想起一件事情。」她輕啟雙脣，「你記不記得以前我們常一起吃剛出爐的甜甜圈？我知道你很愛吃甜食，所以我每次都會選糖粉灑最多的那個給你。」

他頓頓才出聲：「然後呢？」

「你離開那年，賣甜甜圈的老闆沒多久就得了癌症，不到一年就過世，從此那家麵包店就收起來了，老闆的太太和孩子隨後也搬離了小村。」

「是喔。」

「是呀，還有，元承也很想念你喔，每年過節的時候，他都會問我你會不會回來，這樣他才可以多領一份紅包。這孩子眞是越大越精明了，比我們全家人都懂得精打細算呢，嘻嘻。」

「……」

「我還留在那裡的時候，周阿姨常問我有沒有跟你聯絡，叔叔還是天天酗酒，有次他半夜喝得醉醺醺，跑到街上遊蕩，結果不小心被車子撞斷了右腿，現在已經無法自由行動了。但是周阿姨心地很善良，看叔叔行動不便，還會幫他準備三餐，現在不知道怎麼樣了……」

王魏凱默默地聽著，沒有反應。

「去年過年我回家，我爸跟我說，留在那裡的年輕人越來越少了，很多跟我們差不多大的孩子到都市念書後，就很少回去，畢業後選擇直接在外地工作，完全沒有回鄉的打算。對了，我還跟我爸媽說我在台北見到你了，他們都很關心你過得好不好呢。他們都曉得以前我最愛黏著你，三天兩頭就跑去你家玩，要是他們知道你現在已經變成一個出色的刺青師，一定也會替你高興的！」

他刺青的動作停了下來，拿著機器的手也慢慢垂下。

看著女孩美麗胴體上逐漸成形的雪色翅膀，王魏凱沒有繼續，反而站起身往一旁走去。

發現他突然離開，糖糖一愣，轉頭喚道：「小凱？」

王魏凱一步步後退到牆邊，背部壓到電源開關，天花板的燈瞬間熄滅，整個房間僅剩床邊一盞枱燈散發出微弱的光亮。

見他站在暗處角落動也不動，糖糖下了床，沒有拿任何衣物遮蔽，就這麼裸著上身，用宛如貓咪般的輕巧步伐朝他走去。

等到看清楚王魏凱的臉，糖糖才發現他在哭。

他眼角的淚水閃爍著微光，隨著他哽咽的呼吸聲一顆顆墜落在地，發出破碎的聲音。

「……小凱？」糖糖輕撫他的臉，「你怎麼了？」

王魏凱淚流滿面，就這麼靜靜地看著她，深深望進她的眼底。

好不容易，他才張開顫抖的脣，用盡力氣，沙啞地迸出一句：「爲什麼？」

他曾經恨過糖糖。

過了這麼多年，那段陰影始終不曾從他心裡消失。

王魏凱封閉回憶，封閉淚水，封閉對糖糖的所有感覺，因爲他不曉得該如何承受就快擊垮他的那件殘酷事實，該如何抑止想要毀掉全世界，甚至連她一併毀掉的那份狂怒，他別無選擇，只能不停地逃跑，逃到再也看不見她的遠方。

假使糖糖當年是被脅迫的，他不會如此痛苦，更不會如此狠心地推開她。

然而事實卻不是這樣。

不是這樣。

面對他心碎的質問，糖糖並沒有回答，只是深切地凝視著他，輕輕執起他的手，牢牢握緊。

「我不要小凱你變成殺人兇手。」她說。

當年，王魏凱不敢從糖糖口中聽見任何答案，因為他怕自己沒有勇氣去面對。

他拚命的躲、拚命的逃，直到兩人重逢，看見女孩帶著與自己記憶中一樣的無邪笑容，用懷念眷戀的口吻訴說著他們的過去，那段被他埋葬在記憶深處的傷口，才又再次劇痛起來。

那道傷口從未真正癒合，那些回憶他也不曾遺忘，只是被他不斷排除抗拒在外。

他親手給了糖糖一雙翅膀，卻再也找不回原來的天使。

也許最痛的，是從一開始，他就不曾真正了解她……

「我很抱歉。」糖糖眼角噙淚，「小凱，別哭。」

王魏凱不知道如今自己究竟是愛她，還是恨她？

那個充滿回憶的房間，以及擁有她的那段美好歲月，此刻都已經不復存在。

糖糖的笑容，早已隨著在他心底流盡的淚水，在黑暗中瓦解凋零。

「宥葦，這裡！」

看見咖啡廳裡朝她揮手的短髮女生，許宥葦馬上跑了過去，連聲道歉：「芊芊，抱歉抱歉，準備下交流道的時候忽然大塞車，才會晚了三十幾分鐘抵達。」

「沒關係啦，妳一早就坐客運過來，我多等一會兒不要緊，不過妳這急性子眞是一點都沒變耶，哪有人突然說來就來的，眞是嚇死我了！」楊芊芊苦笑。

「還不是因爲妳待在台灣的時間這麼短，才剛過完年馬上就要回美國，我根本來不及跟妳約，也不知道下次什麼時候才能再見到妳。」許宥葦嘟起小嘴，從包包裡拿出一袋點心放到桌上，「這個給妳吃。」

「哇，是小宥葦做的甜甜圈耶！」楊芊芊雀躍歡呼，迫不及待打開袋子取出一個，咬了一口，「妳知道嗎？我在紐約的時候，常常想起妳做的甜甜圈，我吃過那麼多甜甜圈，還是覺得妳親手做的最好吃，想不到這次回來有幸品嘗，眞的不虛此行了！」

「這大概是我唯一的長處了吧，除了烘焙，我什麼也不會。」許宥葦托腮長嘆。

「我想，全世界大概也只有妳會幫自己的甜甜圈取一堆奇怪的名字。」楊芊芊晃晃手中的甜甜圈，「這次叫什麼？」

「冷血無情臭帽T男簡直可惡至極之藍色憂鬱甜甜圈！」許宥葦一口氣說出一長串名字。

「是上次妳跟我提到的那個帽T男嗎？怎麼，他到現在還是不肯理妳？」

「就是呀，妳說可不可惡！我怎麼知道他會誤以爲我要做傻事？那天晚上我們離開河堤之後，他就再也沒理我了耶！打電話給他不接，去他家也堵不到人，居然連打工都沒去，完全不知道他在幹麼，我都跟他道歉了，沒必要氣這麼久吧？」許宥葦雙手抱胸，氣呼呼地抱怨。

「會不會是回家過年了？」

「我也有想過……可是就算這樣，至少也該回我一個電話吧？他一副瘦弱又營養不良的樣子，下雨時又老是不撐傘就出門，根本就是個超級愛淋雨的怪人！再說他還一個人住，誰知道他會不會因爲感冒而在家昏倒？他這樣無消無息的，我當然會擔心他是不是出了什麼意外呀！」

「妳從以前就愛胡思亂想，我想應該不會這麼嚴重啦。不過……想不到妳終於遇上剋星了，從前好像很少看妳這麼擔心別人，這個帽T男還眞不簡單，居然可以治治妳的大小姐脾氣，不錯不錯！」楊芊芊很是欣慰，點了點頭。

「芊芊妳很壞，幹麼把我說成這樣，我有這麼自私嗎？」許宥葦不服地抗議，隨即失落地垂下頭，「……好嘛，我承認我以前眞的很不懂事，可是我已經有在反省了啊，爲什麼他就是不肯原諒我？」

「我相信只要妳持續拿出誠意，他一定會原諒妳的啦！之前聽妳這樣敘述，我就覺得這個帽T男應該是個心地善良的男生。如果跟他在一起，可以讓妳忘記前男友的背叛，讓妳從失戀的痛苦走出來的話，那就太好了，妳說對不對？」她燦然一笑。

許宥葦一聽，頓時語塞，沒有答腔。

望向桌上的甜甜圈，許宥葦頹喪地將額頭抵在桌上，忍不住再度發出一聲長嘆……

下午三點，王魏凱獨自坐在車站大廳的長椅上，一邊抽菸，一邊看著眼前來來去去的旅客。

沒多久，戴元承拖著行李箱，朝他走來。

「魏凱大哥！」他驚喜地向王魏凱打招呼，「好巧，你也是搭下午的車回去？」

「嗯。」王魏凱頷首，拿起放在鄰座的行李袋，挪出空位給他，「我還以爲你已經走了。」

「遇到魏凱大哥眞好，還可以再跟你多聊一下！」戴元承放下行李，好奇地問：「你去看過姊姊了嗎？」

「嗯，早上去了。」

「……其實，我有件事一直想問你。爲什麼你會選擇在今年才回來呢？過去十二年來，我從沒見你回來過一次。」

王魏凱吐了一口菸，淡淡回：「因爲我曾經答應你姊姊，在我三十歲這一年，會回來看她。」

「眞的？你們什麼時候有過這樣的約定？」戴元承十分意外。

「很久以前，那時你還很小。」王魏凱勾勾脣，若有所思地望向遠方，「雖然我不曉得你姊後來是不是一直記得這個約定，畢竟她待在台北的最後那兩年，我們都沒有聯繫。也許那時你姊已經不想再見到我，但不管怎樣，我還是會遵守和她的約定，就算她忘了，我也不會忘記。」

他並沒有告訴戴元承，其實三年前，他已經回來過這裡一次。

當王魏凱看見關於糖糖的新聞，一個月後，他便悄然無息地回到小村落，並沒有讓任何人知道。

那天他回到家，打開父親的房門，多年不見，王父顯得蒼老乾癟，整個人瘦了一大圈，酒精中毒加上行動不便，讓他只能癱倒在床上，動也不能動。

王魏凱一個箭步上前，激動地掐住父親的脖子，徹底被濃烈的恨意淹沒了理智。

「……爲什麼死的人不是你？」他咬牙切齒，下脣甚至用力地咬出了血，「爲什麼你還活得好好的？爲什麼你還不死，爲什麼不是你死！」

王魏凱加重力道，繼續朝父親聲嘶力竭地咆哮：「眞正該下地獄的人明明是你！爲什麼你不去死？爲什麼爲什麼爲什麼！」

王父臉色慘白，被他掐得喘不過氣來，張大嘴拚命想要呼吸。

看到父親原本半瞇著的眼睛猛然睜大，王魏凱霎時渾身一僵。

一滴眼淚從王父的眼角流下，濡溼了他乾瘦憔悴的臉龐。

父親的淚水，讓王魏凱整個人傻住了。

過去二十七年以來，他從未見過這個男人掉過一滴淚。

「我不要小凱你變成殺人凶手。」

王魏凱神思恍然，緩緩鬆開了手。

他踉蹌地退後了幾步，目光空洞，轉身頭也不回地走出房間。

這件事他沒有讓任何人知道，他永遠都無法對別人訴說。

戴元承低頭沉思片刻，才開口：「魏凱大哥，你現在有女朋友嗎？」

「沒有。」

「那有沒有想過什麼時候結婚？」

王魏凱看著他，輕哂一聲，「我不是一個適合步入婚姻的人。」他又抽了一口菸，「我無法想像自己和某個女人共度一生的樣子。對我來說，那就像另一個時空發生的事一樣遙不可及。我已經一個人自由慣了，沒辦法改變。」

「所以你打算這輩子都不結婚？」

王魏凱又笑了，將戴元承還當成小孩子似的，朝他的頭亂摸一陣，「你還是早日讓我喝到你的喜酒吧！」

「我還沒這麼快啦。」戴元承靦腆一笑，隨後從包包裡找出一個塑膠袋，「對了，魏凱大哥，這個給你吃！」

「這是什麼？」

「甜甜圈，我女友給我的。她高中最好的朋友今天上午從台北來找她，帶了親手做的甜甜圈給我女友吃，下午我女友來找我，就分了我幾個，口感很不錯喔。」

王魏凱接過，袋裡有兩個甜甜圈，一個灑上糖粉，另一個抹上藍莓醬。

「妳女友多大？怎麼沒跟你一起走？」他先拿出了藍莓口味的甜甜圈。

「她跟我一樣都是二十一歲，她叫芊芊，我跟她現在都在紐約念書，她要到今晚才會跟家人一起離開。」戴元承指著甜甜圈，「我跟你說，這些甜甜圈還有名字喔，聽說是芊芊朋友取的，像藍莓的這個叫作什麼……『可惡至極之藍色憂鬱甜甜圈』，前面其實還有一段，但太長了我記不起來。」

「可惡至極？」王魏凱一臉困惑，吃完後又拿起另一個，「那這叫什麼？」

「喔，這個我記得，叫『雪天使』。這口味我很喜歡，味道有點像小時候我們家附近麵包店老闆做的，我記得姊姊以前很喜歡吃，常常準時跑去買剛出爐的甜甜圈，只可惜現在再也吃不到了。」

王魏凱凝視著灑滿糖粉，外觀如雪的甜甜圈，輕輕咬下一口。

一股像是蜂蜜般的濃郁香甜，在他舌間蔓延開來。

聽戴元承提起那段往事，王魏凱的思緒又拉回了從前。

糖糖帶著天使翅膀離開的那年，王魏凱正好擁有了自己的刺青店。

在那之前，他已經有很長一段時間沒見到她，直到在電視新聞看見她的消息，才知道她最後去了哪裡。

王魏凱的世界，便從那一刻起進入永夜。

之後的日子，他只能活在她過去所待的那個世界。

三個月後，王魏凱從頹靡墮落的生活重新振作起來，繼續準備開業的事。

他將自己的刺青店，取名爲「Andrea」。

那是糖糖曾經許下的願望，儘管她無緣親眼看到，王魏凱還是想讓她知道：從今以後，他就是她，永遠都是Andrea。

只是，他再也無法爲別人紋上翅膀。

王魏凱永遠不會忘記他幫糖糖畫上翅膀那天，糖糖張開手掌，朝天空伸出羽翼，臉上掛著心滿意足的笑容。

那雙翅膀，他不會再給任何人。

永遠不會。

回到台北的王魏凱，再度進入無休假的工作模式。

一個月後的某一夜，他剛結束一個長達三小時的刺青工作，想趁著空檔出去買菸。

「Andrea！」過年前想找王魏凱在肚子上刺青的男子，在便利商店裡朝他跑過來，「你這傢伙，到底要等到何時才肯讓我預約啊？再排下去，就算明年也輪不到我呀！」

「明天再看看吧。」

「明天、明天，你每次都說明天，我又不是會欠錢賒帳，爲什麼就是不能快點幫我紋？」男子忍不住叨念。

王魏凱不理會男子，買完菸後便直接往刺青店的方向走去。

在離店幾十步的距離外，街頭突然冒出一群手持棍棒的黑衣人。

他們朝王魏凱的店衝了進去，下一秒店內隨即傳來砸東西的聲音，嚇得經過的路人尖叫連連。

「幹，這是怎樣！有人來砸店啦！」男子大驚失色，卻發現身旁的王魏凱毫無反應，急得直跳腳，「喂，Andrea，你的店被砸了，你怎麼跟死人一樣不吭一聲啊？我看一定是姓江的那個老女人不爽你甩掉她，才唆使人來砸店的！他媽的，敢砸我兄弟的店，我一定讓這些渾球死得很難看！」男子馬上掏出手機，撥電話吆喝附近的弟兄前來，準備給那些闖進店裡的黑衣人來一個下馬威。

放眼望去，刺青店內外一片凌亂，店門玻璃窗全被砸碎，咒罵聲和打鬥聲此起彼落。附近的行人急忙閃避，完全不敢靠近，很快就有人跑去報警。

王魏凱始終默默地站在一旁，與圍觀群眾看著眼前這一幕。

面對這場突如其來的混亂，他臉上沒有任何表情，只是慢慢抬頭仰望著招牌上的英文店名。

店毀了，還能再修復。

心破了洞，卻無法再填補。

就算癒合，也不可能完整了。

「小凱。」

王魏凱深吸了口菸，緩緩吐出，看著那個名字在冉冉白煙中忽隱忽現。

「從今天起，我們就放過彼此吧。」

他閉上眼睛。

當警鳴聲由遠而近傳來，原本迴盪在耳邊的喧囂聲也逐漸減弱了下來。

王魏凱發現，這是這麼多年以來，他所度過最寧靜的一夜。

Chapter 3

戴元妍。

慢慢　慢慢沒有感覺
慢慢　慢慢我被忽略
你何忍看我憔悴　沒有一點點安慰

慢慢　慢慢心變成鐵
慢慢　慢慢我被拒絕
你何忍遠走高飛　要我如何收拾這　愛的殘缺

張學友〈慢慢〉
詞：白進法　曲：林隆璇

她叫糖糖。
無論是微笑時的眼睛，還是說話時的嗓音，都如蜜糖般嬌甜。
甚至讓人覺得連她的眼淚，都是甜的。
本名戴元妍的她，出生於台中，八歲時舉家搬遷至爺爺奶奶的故鄉，一個臨近海邊的小村落。
雖然那裡的人口與生活機能無法與大城市比擬，但人情味濃厚，環境單純，是個簡單樸實的地方。
糖糖的爺爺過去曾是一名立法委員，父母親則在大學任教。長輩們對教育的重視，讓糖糖自小就比一般同齡孩子成熟懂事，並且十分擅長察顏觀色，知道什麼時機該說什麼話，因此很得大人的寵愛。
她在校成績優異，人緣極佳，是眾多同齡男生暗戀的對象，但也因爲人紅招忌，偶爾會遇上存心找她麻煩的同學。
糖糖四年級時，班上有個女孩看她不順眼，到處說她的壞話，甚至還集結其他女孩一塊排擠她。
當糖糖得知女孩的行爲後，並沒有跑去跟老師哭訴，反而很乾脆地直接找對方對質。
那個女孩嚇到了，沒想到糖糖竟會逕自找上門來。

在糖糖不容拒絕的堅持下，女孩才不甘不願地老實招供，其實自己暗戀班上的副班長，可是副班長卻偏偏喜歡擔任班長的糖糖，女孩心裡嫉妒，才會故意找她麻煩。

糖糖聽了並沒有動怒，反而問道：「那妳希望我怎麼做呢？」

女孩愣了愣，結結巴巴地開口：「我、我希望妳不要再跟他說話了！」

糖糖笑著答應，「好，那我就不跟他說話。」

從那天起，糖糖眞的不再與副班長接觸，連話都不再多說一句。

事實上，糖糖私下向副班長提議玩一個遊戲，看誰可以在一個月內都不跟對方說話，撐得最久的人就贏，最多不能被抓到超過三次犯規。

最後的輸家或是犯規次數較多的人，就要請另一方吃一個星期的布丁，而且到比賽結束以前，都不可以把這項賭約告訴任何人。

遊戲進行到第四天，副班長因爲老師吩咐，不得不開口問糖糖事情，但糖糖並沒有正面回應，而是對鄰座的女同學說：「妳可以幫我告訴他，我已經把回條送到老師的桌上了嗎？」

她在那段時間對副班長的刻意疏離，再加上剛才託人傳話的那一幕，都被討厭糖糖的女孩看進了眼裡，以爲她眞的遵守約定，打算不再理會男孩。

糖糖的舉動令那名女孩既羞愧又不好意思，對糖糖懷抱的敵意也全數化爲友善。

結果，女孩與糖糖成了好朋友。後來有次當糖糖被學姊找麻煩，女孩還挺身而出，義不容辭地出手相助。

從小就聰穎過人的糖糖，不僅雙方都不得罪，還順利贏得了一個星期的布丁。

糖糖向來與人少有衝突，因爲她總有辦法化險爲夷。

靠著智慧與敏捷的反應，任何事她都能處理得當，並且做得盡善盡美，從未傷害到任何人。

一日傍晚，糖糖在房間裡寫功課。

聽到窗外傳來爭執聲，她拉開窗簾，從白色陽臺望出去。

又是對面那戶人家在吵架。

自從搬來這裡後，她就經常聽見對面的男主人在喝醉之後大吼大叫，連在半夜也是如此，吵得附近鄰居不得安寧。

有次糖糖甚至親眼看見那男人扯住妻子的頭髮，硬生生將她從屋裡拖到門外，女人滿頭滿臉都是傷，不斷向他人哭喊求救，最後還是等警察趕到，才化解了這場紛爭。

而這天，那個男人又將妻子打傷了，幾個鄰居見狀，聚集在門外想制止。

這時，糖糖注意到有個男生站在那棟屋子的二樓窗前，表情漠然地俯視樓下這場混亂。

他是那戶人家的小孩，糖糖知道那是與她同校，就讀六年級的王魏凱。雖然他們兩家住得很近，但糖糖卻很少在街上或學校遇見他，反倒更常看見王魏凱在房間內活動的身影。

她沒和王魏凱說過話，也沒見他笑過，他總是冷著一張臉，一副拒人於千里之外的模樣，因此附近的孩子都不太敢接近他。

偶有幾次，糖糖在巷子裡與他擦肩而過，都會不時瞥見他的頸部及胳臂上有幾道傷痕。

於是她才知道，王魏凱的父親除了時常毆打妻子之外，也會打他，可是她從沒見他主動向誰求援。不僅如此，糖糖還聽說王魏凱就連受傷也不肯去醫院，寧可自己處理傷口，也不願接受別人的幫助。

等到咆哮聲逐漸平息，王魏凱的身影也消失在二樓窗口。

「糖糖。」她的奶奶敲了敲門，發現孫女站在窗前，好奇問道：「妳在做什麼？」

「我在看王叔叔他們家，他們好像又在吵架了。」

戴奶奶跟著她一起望向對面屋子，搖頭感慨，「唉，眞是可憐，在那種吵吵鬧鬧的環境下長大，每天的生活一定都過得很痛苦。」

「奶奶，妳是說他們家的孩子嗎？」

「對呀，雖然他很少說話，總是面無表情，但是他是個好孩子喔，有次奶奶去市場買菜，回家的路上袋子突然破掉了，裡頭的馬鈴薯全部掉了出來，那時候他正好走在奶奶後面，他馬上跑上前幫忙，奶奶跟他道謝，他也很有禮貌地回奶奶不客氣呢。」

「眞的嗎？」糖糖覺得有些意外。

「是啊，奶奶很喜歡那孩子唷，要是妳可以多關心他，和他成爲好朋友，那就太好了呢！」

糖糖的視線再度轉向王魏凱的房間。

其實她並不像其他小孩一樣懼怕他，而奶奶剛剛這番話，讓她對那扇窗裡的男孩越來越好奇了。

「噢，只顧著說話，差點就忘了，糖糖，姑姑跟姑丈他們來嘍，下來打聲招呼。」

「好。」她乖巧地點點頭。

一樓客廳沙發坐著糖糖的爺爺、父母，以及姑姑和姑丈。

糖糖一一向親戚打招呼，原本在逗弄戴元承的姑丈，一見到糖糖，不由得怔怔注視著她，笑著稱讚，「糖糖眞是越來越漂亮了呢！」

「就是啊，跟大嫂一樣是個美人胚子呢，幸好不是像父親！」姑姑笑著回。

「什麼話？女兒明明也像我呀！」戴父滿臉不服氣，一旁的戴母則是對丈夫揚起得意的笑容。

「時間過得眞快，轉眼你兒子也跟元承一樣三歲了。」戴爺爺含笑望著坐在地上玩玩具的兩個孫子，接著對女婿說：「最近公司的事情還順利嗎？」

「嗯……還不是很理想，但我想，只要熬過這段時間，應該就不會有問題了。」姑丈語氣恭敬，笑容裡帶著一絲掩不住的尷尬。

「做任何事都不能操之過急，要是太過急躁，反而容易判斷錯誤，影響大局，絕對要仔細評估過後再做決定。別忘了除了我女兒，你還有其他員工要養呢，振作點！」

「是的，爸，我知道。」姑丈頻頻點頭，羞愧得耳根都紅了。

「好了，糖糖，妳回房間作功課吧，記得早點睡喔。」戴母對女兒溫柔地叮囑。

於是糖糖向所有人道了聲晚安，準備上樓回房，卻感覺到有一股視線始終緊緊跟隨著自己。

她一回頭，正好和坐在沙發上的某人冷不防地對上視線。

糖糖的姑丈沒料到她會突然轉頭，先是僵了一下，隨即堆起親切的笑容，對她揮揮手。

雖然只有短短的一瞬間，但糖糖還是看見了姑丈在露出微笑之前的眼神。

那樣混雜著複雜情緒的目光，從未在糖糖的世界出現過。

週日下午，糖糖出門幫母親跑腿買東西。

回程的路上下起了毛毛雨，她捧著一瓶沙拉油正要回家，卻在轉角處與突然衝出來的人撞個正著，糖糖一個重心不穩跌坐在地，沙拉油從她手上滾了出去。

「哎呀，糖糖，對不起！」婦人神色緊張，「妳還好嗎？」

糖糖起身一看，發現那人是王魏凱的母親，微笑搖搖頭，「沒事。」

婦人放心一笑，撿起沙拉油交給糖糖，說聲再見便匆匆離去。

她轉身瞥見有串鑰匙掉在地上，趕緊拾起想還給王母，但王母跑得太快，幾乎可說是不顧一切地往巷口狂奔，糖糖見狀，立即跟著她的步伐追了上去。

王母停在一條暗巷前左顧右盼，不一會兒，她的身影就消失在暗巷裡。

這條偏僻的暗巷四處雜草叢生，平時很少人經過，巷底只有一棟棄置多年、形同廢墟的空屋。

糖糖不解王母為什麼會急著趕來這裡，想了想，決定走到空屋窗前一探究竟。

奇怪的是，剛才明明只有王母一人進去，現在屋子裡卻有兩個人。

隔著布滿灰塵的玻璃窗，糖糖依稀能看見王母全身赤裸，正與一個同樣一絲不掛的男人緊緊交纏。

王母上半身趴在桌上，男人雙手箝住她的腰，從背後用力衝撞著她，木製桌子隨著兩人的猛烈律動不斷吱吱作響。

這一幕讓糖糖當場看傻了眼。

糖糖從未見過王母身後的男人，他們竟然在這種隱密地點，宛如兩隻飢渴難耐的野獸，瘋狂渴求著彼此的身體。

隨著雨勢漸大，王母的喘息聲也越加急促。

平時給人溫婉嫻靜形象的王母，此時卻在陌生男人懷中笑得花枝亂顫，發出歡快的喘叫聲，兩人交媾的聲響在這破舊的空屋盤旋迴盪。

糖糖看呆了，不自覺地慢慢向後退了一步。

當她想要再退一步，背部撞上了某個人。

她嚇得猛然回頭，只見穿著黃色雨衣的王魏凱就站在她的身後。

「走開。」王魏凱沉聲說。

聽到他冰冷的語氣，糖糖沒有作聲，順從地往旁邊退去。

只見他撿起一顆石子，退後幾步，瞄準好位置，朝玻璃窗奮力扔去。

窗子應聲碎裂的同時，屋裡也響起驚呼聲。

不到一分鐘，王母和陌生男人雙雙穿好衣服，狼狽地倉皇離去。

他們一走，王魏凱就直接從大門走進屋裡。

糖糖杵在原地幾秒，隨後也跟了上去。

男孩越過母親剛才與男人歡愛的木桌，打開一扇櫃子的門，蹲了下來。

看他蹲在櫃子前不動，糖糖好奇地小心翼翼走近一看。

她注意到有什麼東西正在蠕動。

破舊的木頭櫃裡有一個紙箱子，裡面竟藏著三隻剛出生不久的幼貓，牠們擠在一塊，正喝著王魏凱準備的牛奶。

糖糖一臉驚訝，忍不住問：「這幾隻是你養的貓嗎？」

「是撿到的，牠們被丟在學校垃圾場旁邊，我先把牠們放在這裡，不然怕會死掉。要是那兩個人一直待在這，我就沒辦法餵牠們吃飯了。」男孩回得平靜，似乎並不關心母親前一刻在這裡做過什麼事。

平常能言善道的糖糖，在這種時候竟不曉得該說些什麼才好，只能和王魏凱並肩靜靜地盯著小貓，直到裝滿牛奶的碗逐漸見底。

「妳家能養貓嗎？」王魏凱打破沉默。

「我很想養，可是我奶奶對貓狗的毛會過敏……」糖糖臉上盡是失望，「那你呢？」

「養在我家的下場，不是被踹死，就是被酒瓶砸死。」他站了起來，「算了，就先養在這裡，等牠們大一點再放生好了。」

「不給別人養嗎？」

「又不是有人養了就會比較幸福。放牠們自由，說不定對牠們來說才是最好的。」將貓咪安頓好後，王魏凱步出屋子。

糖糖立刻跟上，「你每天都會過來這裡嗎？」

「對啊，不然沒東西吃，牠們會餓死。」

王魏凱的這番話，讓糖糖對小貓的處境感到十分於心不忍。

等兩人回到巷子，糖糖忍不住開口：「我來幫忙問問看。」

他回頭望著她。

糖糖眼神晶亮，「我去問問我班上同學，看有沒有人可以養貓，如果有好消息我再跟你說，好不好？」

王魏凱靜默了一會兒，點點頭，露出微笑，「嗯。」

那是她第一次看見王魏凱的笑容。

這天發生的事，糖糖沒有對任何人提起。

哪怕之後在街上遇見王母，糖糖對她的態度仍舊親切有禮，沒有任何改變。

自那天起，糖糖放學後都會來到那棟空屋，探看那三隻貓是否安然無恙。

通常在她到達沒多久，王魏凱也會背著書包出現。

「妳怎麼會有這個？」王魏凱指著她手中的貓罐頭。

「我拿零用錢買的，附近的店都沒有賣，我只好跑到遠一點的賣場去買，如果只給牠們喝牛奶、吃吐司，我覺得有點可憐。」糖糖把貓罐頭裡的肉塊倒進碗中，小貓們立刻擠上前吃了起來，「對了，我有兩個同學好像可以養，明天我就請她們過來這裡看貓，可以嗎？」

「好啊。」王魏凱輕撫其中一隻毛色全黑，走路歪歪扭扭，兩隻眼睛全盲的小貓。

糖糖注意到了，「你喜歡這隻嗎？」

他點點頭。

「那要不要把牠留下來？我們一起養牠？」

王魏凱搖頭，「這裡什麼都沒有，要怎麼養？而且我也沒有錢可以讓牠天天吃罐頭，時間一長，妳的零用錢也會不夠用，還是先看有沒有人願意收養牠吧。」

雖然王魏凱那麼說，但他凝望著小黑貓的不捨眼神，讓糖糖留下了深刻的印象。

翌日放學，糖糖帶著兩位女同學來看小貓。

她們分別挑選了一隻白底黑斑，以及另一隻橘色的小貓，最後那隻黑色的小貓因爲殘疾的關係，並沒有受到她們的青睞。

眼看兩個夥伴都有了家，小黑貓卻只能孤單地留在紙箱裡，王魏凱和糖糖靜靜守在一旁，久久不發一語。

待天色暗下，王魏凱對她說：「妳先回去吧。」

「那你呢？」

「我還想再待一下。」他的目光停在小黑貓身上，「不用管我，妳先回家吧。」

其實糖糖也想留下來，偏偏今早戴母告訴她，晚上姑姑和姑丈會來家裡住上兩天，特別叮嚀她要早點回家吃晚餐，別在外頭逗留。

她不捨地望了王魏凱及小黑貓一眼，不得已只能先行離開。

那天晚餐席間，糖糖吃得心不在焉，心裡始終掛念著那隻小黑貓。

窗外淅淅瀝瀝的雨聲越來越大，讓她更加爲牠的處境擔憂。

氣溫這麼低，雨又這麼大，到了入夜之後一定會更冷，不知道小貓是否能熬過這樣的寒夜？

「糖糖，妳怎麼了？」坐在對面的姑丈，用勺子盛了些菜到她碗裡，「妳看，這是妳最喜歡吃的麻婆豆腐，是姑姑和姑丈特地去買的，非常好吃，多吃一點！」

糖糖有禮地向姑丈道謝，低頭吞了一口飯，感覺到對面有道視線投射而來。

她一抬起頭，看見姑丈正望著她，對她露出親切的笑容。

平常習慣早睡的糖糖，這天卻因爲心事重重，難以入眠。

聽著床邊時鐘滴答滴答地走，她翻來覆去就是睡意全無，索性下床拉開窗簾，往對面窗戶看去。

王魏凱的房間是暗的，窗戶窗簾也拉了起來，糖糖心想，也許他早就已經睡了。

午夜十二點，糖糖趁著家人熟睡之際，帶著一罐貓罐頭、一瓶牛奶，還有一支手電筒，悄悄離開家門。

到了空屋，她拿著手電筒朝櫃子方向一照，眼前的畫面卻讓她驚訝地張大了嘴，一句話也說不出來。

王魏凱坐在櫃子旁的角落，低著頭打盹。

他還穿著制服，書包也放在一旁，原來王魏凱一直待在這裡，根本沒有回家。

只是這段時間，糖糖卻沒聽見王家有任何動靜，王魏凱的父母也沒有出來找人。

莫非王父和王母完全沒發現他沒有回家？

儘管糖糖放輕腳步，窩在王魏凱懷中的小黑貓還是察覺到了，在黑暗中朝糖糖的方向小聲地喵了一聲。

眼見小貓安然無恙，糖糖懸著的心才總算放下。

看到王魏凱居然爲了小黑貓徹夜留守空屋，不禁使她由衷感到動容。

糖糖思索著是不是該叫醒王魏凱，但又見他睡得極熟，她不忍打擾，最後只留下了貓罐頭及牛奶，便悄聲離去。

雨勢漸大，她在大雨中一路跑回家，就在她躡手躡腳關上家門的那一刻，竟聽見身後響起一道嗓音。

「糖糖，妳跑去哪裡了呢？」

她嚇了一大跳，轉身一看，是個中年男人。

「這麼晚了，怎麼可以亂跑出去？」姑丈揚起嘴角，「這樣不乖唷！」

糖糖有些傻住了，沒想到姑丈竟會在這個時間待在客廳裡。

而且最弔詭的是，他居然就站在玄關的位置，像是專程守在這裡等她回來一樣。

姑丈的笑容似乎親切得過分，糖糖開始覺得有點奇怪，但究竟哪裡不對勁，她一時也說不上來。

她強壓下內心的驚嚇與不安，小心地說：「……對不起，因爲我剛剛想起來，今天放學去買東西的時候，不小心將錢包掉在路上，所以才急著出去找。現在已經找到了，我要去睡了，姑丈晚安！」

才跨出前腳，她隨即就被攔了下來。

姑丈身子一橫，擋住糖糖的去路，柔聲說道：「不管怎麼樣，還是不可以在半夜偷跑出去呀，妳這麼不乖，要接受懲罰喔。」

糖糖一愣，還沒反應過來，嘴巴就被一雙大掌捂住，同時整個人被騰空抱了起來。

姑丈抱著糖糖迅速上樓，不讓她有出聲的機會，糖糖拚命掙扎，用力踢著雙腳，極力想要掙脫，卻無濟於事。

一進糖糖的房間，他馬上將門鎖上，再把她扔到床上。

糖糖正想尖叫出聲，他又再度捂住她的嘴，強壓到她身上，猙獰的笑臉突地在她眼前放大。

「糖糖，妳不知道姑丈等這一天等多久了。」他呼吸急促，聲音顫抖，神情興奮，一手用力將糖糖的衣服猛地扯開，一手捂著她的嘴，開始舔咬她的耳垂，「妳眞的好漂亮……才一段時間沒看見妳，妳就已經美得如同天使一樣，上次姑丈看到妳的時候，就已經快忍不住了，所以姑丈才會這麼快又帶妳姑姑回來，就是爲了要好好疼妳呀……」

糖糖面色驚恐，眼淚直流，不停抵抗扭動，想尖叫呼救卻無法發出聲音。

「糖糖啊，我可愛的糖糖，姑丈會讓妳舒服的，所以妳要乖乖聽話，知道嗎？要乖喔……」

他褪去糖糖的衣物後，從口袋拿出一條繩子，將她的雙手牢牢綑綁，固定在床頭欄杆上，再把內褲塞進她的嘴裡。

他瘋狂吻遍糖糖全身上下每一吋肌膚，不時露出猥瑣的笑容。

糖糖不停哭泣，恐懼地看著姑丈用力扳開她的雙腿，往她的身下挺進……

對方進入她身體的瞬間，糖糖覺得整個人都被撕裂了。

她的下體傳來一陣椎心刺痛，痛得像是要死掉一樣，卻完全無法反抗，只能咬緊牙根，緊閉雙眼。布滿臉頰的淚水，早已在不知不覺間將枕頭浸溼了一片。

黑暗中，她聽見姑丈頻頻喘息，風雨不間斷地拍打在玻璃窗上。

這些聲音，讓糖糖忍不住想起那棟空屋。

她知道姑丈現在對她做的，就是王魏凱的母親和那個陌生男子在空屋裡所做的事。

當姑丈疲累地趴在一旁時，她以為一切就要結束，誰知食髓知味的他竟再度撲了上來，來回數次，直至他精疲力盡。

過了三個小時，外頭風雨漸歇。

姑丈從容地穿回衣服，取出糖糖嘴裡的內褲，眼神也恢復了以往的溫柔。

他輕聲細語地哄著床上的女孩，「糖糖，妳要記得，今晚的事絕對不可以告訴任何人喔。要是妳說出去，姑丈就會生氣，如果惹姑丈生氣，姑丈會讓妳的爸爸媽媽、爺爺奶奶，還有弟弟在一夕之間全部消失不見喔。妳不會想看到最疼妳的爺爺奶奶出事吧？如果不想，那就要乖乖聽姑丈的話，知道嗎？」

望著姑丈的笑容，糖糖表情空洞，半句話也說不出來，因為她早已哭得聲嘶力竭，連聲音都啞了。

不敢激怒他，她只能低聲啜泣，點了點頭。

他臉上的笑意更深了，「這才是姑丈的乖寶貝。」他俯身解開綁在糖糖身上的繩索，同時往她的臉頰舔了一口，輕輕地反覆啃咬，像在品嚐美味的棉花糖般，一臉滿足，「明天晚上姑丈再來找妳唷。」

姑丈一離開房間，糖糖的淚水又開始撲簌簌直掉個不停，渾身顫抖不止。

她只要稍微一挪動身軀，就痛得不得了，尤其兩腿之間更有種像是被利刃刺了好幾刀似的劇痛，床單上也留下了血跡斑斑。

姑丈的威脅言猶在耳，糖糖根本不曉得該怎麼辦才好。

他臨走前的警告令她毛骨悚然，她有一股強烈的直覺，要是把今晚的事說出去，姑丈很有可能真的會對家人不利，他的眼神讓她不由得深信，他會說到做到。

糖糖滿臉淚痕，愣愣地望向一旁的落地窗。

對面的二樓房間，在雨幕中仍是一室漆黑，不見王魏凱歸來。

隔日，糖糖把自己關在房間裡，只有吃飯的時候才肯下樓，深怕被家人發現她不對勁。

吃晚飯時，姑丈主動為糖糖挾菜、盛湯，像平常那樣親切待她。只要看見他的笑臉，糖糖就會不由自主地渾身緊繃，胃部一陣猛力翻騰，差點連筷子都要握不住。

一整天下來，她無時無刻不處在恐懼之中。

夜深了，糖糖特地鎖上房門，迅速熄燈，想讓姑丈以為她已經睡了。她翻來覆去了好一會兒，始終無法安心入眠，到了凌晨一點，她聽見樓梯口傳來一陣緩慢的腳步聲。

有人輕輕敲著她的房門。

糖糖緊張得連牙齒都在喀喀打顫，她拉緊被子，緊盯著從門下縫隙裡透出的陰影，大氣都不敢喘一下。

幾分鐘後，除了窗外的雨聲，她再也沒聽見門外傳來其它聲響。

糖糖心想，姑丈似乎離開了。

才鬆了一口氣，下一秒，糖糖就看見有張紙片從門縫中塞了進來。

她瞪大眼睛，輕手輕腳地下了床，上前捨起一看，那是一張黃色便利貼，上頭寫了幾行字。

糖糖，姑丈知道妳還沒睡。

姑丈剛才去廚房拿了一把水果刀，妳的爺爺奶奶睡在隔壁，對不對？

從現在開始，我數到五，數到五之後如果妳還不開門，那姑丈就會到隔壁，用刀子刺進妳爺爺奶奶的喉嚨。

糖糖臉色唰地慘白，背脊升起一股涼意。

緊接著，姑丈又塞了張紙條進來，上頭寫著大大的「1」。

眼看第二張、第三張紙條陸續被放了進來，糖糖臉上淌下兩行無助的淚水，焦急得不知該如何是好。

看到「5」的紙條時，她緊咬著唇，伸出顫抖的手，轉開了門鎖。

門一打開，姑丈淫穢的笑容，隨即映入眼底。

那一夜對糖糖來說，比任何時候都還來得漫長。

每一分、每一秒，都像是再也不會迎來白晝那樣似地緩慢。
躺在床上的她眼神空洞，宛如失去靈魂的娃娃，只能默默承受姑丈不知停歇的蹂躪。
她望向窗外深沉的夜色，等啊等，等啊等，好希望黎明能趕快到來。
但是無論糖糖怎麼等，就是等不到一絲亮光。
爲什麼白天還不來？
爲什麼夜晚還不結束？
糖糖不斷在心裡呼喊，等到淚水都流乾了，最後她的瞳仁裡，只剩下一片絕望。
從今以後，她生命中曾經經歷的一切快樂回憶，都被這片漆黑的漫漫長夜吞噬。
糖糖從此走進一個寒冷、絕望、永不見天日的惡夢。

姑丈和姑姑在天亮時向他們一家人道別。
除了糖糖，沒人知道這兩天裡姑丈對她做了什麼事。她的家庭依然和樂融融、幸福美滿，一如往昔。
如果沒有那兩個夜晚，糖糖也許仍會是一個天眞快樂的小天使。

在家人面前，糖糖不曾表現出任何異狀，但每當看著親愛的家人開心談笑的模樣，她卻再也無法展露眞誠的笑容，經常沒來由地陷入沉思。

若是以前的她，絕對會認爲這件事不能隱瞞，應該要向大人說出來。

但糖糖想到只要說出口，勢必會對這個家掀起滔天巨浪，只會帶給家人無盡的淚水和悲痛，讓她的家人同樣身陷痛苦之中，光是想到這裡，她就害怕地直打哆嗦。更不用說姑丈很有可能一怒之下，跑來傷害她的家人……

經過那件事之後，糖糖只要躺在床上，就會不自覺地冷汗直冒，呼吸急促，尤其在凌晨時分，這種情況更是嚴重。

她再也沒有安穩入眠的一天，只要一入夜，糖糖就會感到渾身不自在，像是有塊無形的大石壓住她一樣難受，讓她幾乎喘不過氣。

那種感覺，就像姑丈還赤裸裸地壓在她身上一樣。

夜深人靜時，那段記憶總是如影隨形，一點一點地啃蝕著她的意志與靈魂，使她深陷無邊無際的絕望之中，在黑暗的夜裡滅頂。

後來有好幾天時間，糖糖完全忘了小黑貓的存在。

等到想起的那天，她一放學就趕到空屋，打開櫃門，只見小黑貓仍然一派安好地待在紙箱，仰頭對她喵喵叫。

小黑貓依舊和之前一樣瘦小，但糖糖隨後注意到小黑貓的脖子被繫上了一圈紅線，紅線上頭還掛著一顆銀色小鈴鐺，小黑貓一動，那顆鈴鐺就會跟著發出清脆的聲響。

糖糖愣怔地凝視著小貓，慢慢將牠抱起，感受牠柔軟溫暖的身軀。

牠還太過弱小，糖糖不禁覺得，只要自己雙臂力道再加重一些，牠就會碎在她的懷裡……

轟隆隆的雷聲拉回糖糖的思緒，一道身影出現在門口。

被傾盆大雨淋得半溼的王魏凱，詫異地看著糖糖，「妳來啦？」

她微微頷首，再瞧瞧小貓的項圈，好奇問：「這個鈴鐺是你幫牠綁的嗎？」

「對啊。」他脫下溼漉漉的外套，「我覺得那挺適合小黑點的，所以就幫牠做了一個。」

「小黑點？」

「幫牠暫時取的名字。」王魏凱走上前摸摸小貓的頭，語氣擔憂，「最近牠只要吃東西就會一直拉肚子，明明也有吃東西，卻一點都沒長肉，眞奇怪。」

糖糖認同，「我也這麼覺得……會不會是生病了？」

他面色一沉，「不知道，這裡沒有獸醫院，想找醫生檢查一下都沒辦法。」語落，王魏凱視線移到糖糖身上，突然問了句，「妳怎麼了？」

她一凜，馬上露出笑容，「什麼怎麼了？」
王魏凱頓了頓，「沒有，只是覺得妳有點奇怪，好像跟平常不太一樣。」
糖糖的微笑僵在唇邊。
「妳今天有帶貓罐頭來嗎？」
「……沒有，對不起，我忘了……」
「沒關係，我這裡有牛奶，也還有一點食物。」他把書包放在木桌上，「幫我把小黑點的碗拿來。」
糖糖將小貓放回紙箱，再拿出空碗遞給王魏凱。
她看著桌上的鮮乳和麵包，「這些都是你買的？」
「我只有買麵包，牛奶是今天的營養午餐，明天才過期。剛好我明天就能拿到零用錢，還可以再撐一下。」
糖糖凝望著他，「你眞的很疼小黑點耶。」
他偏頭瞧了她一眼，聳聳肩，「沒辦法啊，總不能丟下牠不管吧？」
「你每天都在這裡待到很晚嗎？」
「不一定，有時候會回家吃個飯再來，有時候則是直接在這裡待到晚上。」
「你不回家，你爸媽不會生氣？」

「他們不會管我，也沒資格管我。」王魏凱冷冷地回，打開牛奶盒，「反正我爸現在會故意把門鎖起來，不讓我跟我媽進去，就算晚回家也沒差。」

「那你要怎麼進家門？」

「我有放一座梯子在後門，可以用梯子爬到二樓，再從我房間的窗戶進去。」

靜靜地看著王魏凱把牛奶倒進碗裡，糖糖頓了一會兒後說：「我幫你端過去好嗎？」

「好啊。」

糖糖捧著碗回到櫃子前，卻發現紙箱口面朝門外，驚呼了一聲。

「怎麼了？」王魏凱回頭。

「小黑點……」她四處張望，焦急喊道：「牠不見了，不在箱子裡，不曉得跑去哪了！」

王魏凱臉色一變，立即跑到紙箱前查看，再衝到門外尋找，在外頭繞了一圈。沒多久只見他渾身溼透跑了回來，眉頭緊皺，面色十分憂慮。

糖糖慌了手腳，連聲道歉，「對不起，都是我不好，是我沒有把櫃子的門關起來……」

「先別說這些，我們趕緊分頭出去找找，牠的眼睛看不見，應該跑不遠。」王魏凱沒有發脾氣，口氣裡卻聽得出滿滿的焦慮，「我往右邊找，妳從左邊找，十分鐘後，我們再回到這裡會合。」

糖糖點頭，匆匆拿出折疊傘，跟著王魏凱跑了出去，往左邊的街巷開始尋找。

她心急如焚，不敢忽略任何一個角落，片刻後，她的鞋子和褲管就被猛烈的雨水打溼。

找著找著，糖糖慢慢停下腳步，站在巷子中央，凝視著眼前不斷落下的傾盆大雨，以及杳無人煙的漫漫長路。

不知爲何，這幕景色讓她莫名感到一股強烈的孤寂與空虛，宛如狂潮鋪天蓋地朝她襲來。

她突然覺得，無論再怎麼走、怎麼跑，自己似乎都無法離開這個地方，逃脫不出這場大雨。

雨聲太過清晰，糖糖在恍惚之中，彷若回到了那一夜，耳邊除了迴響起淅淅瀝瀝的雨聲外，還有姑丈在她耳邊吐出的粗重喘息……

糖糖的世界就快被這些聲音淹沒，逃不出去，上不了岸。

她只能在這永不止息的雨聲之中，一次又一次的滅頂……

那一天，他們沒有找到小黑點。

回到空屋，面對空蕩蕩的紙箱和坐在一旁的王魏凱，糖糖難過地垂下頭，「對不起，要是我有將櫃子的門關起來，牠就不會跑走了……」

「又不是妳的錯，我自己也忘記關上大門，不然小黑點也不會跑出去。」他看著地板低聲安慰她：「我等等再出去找找，妳先回家吧。」

雖然王魏凱並沒有責怪她的意思，但糖糖仍是愧疚萬分，十分低落，一顆心不斷向下沉。

之後幾天，兩人天天都來空屋等小黑點，盼望牠能自行歸來。

一天、兩天、三天……整整一星期過去，他們卻依然沒有等到小貓的蹤影。

隨著小黑點失蹤的日子越久，王魏凱的神色就越是陰沉，臉上也漸漸沒了笑容。

其實兩人心裡都明白，依小黑點目前的情況，獨自在外頭遊蕩這麼久，絕對是凶多吉少，但他們誰也不敢將事實點破，生怕一旦說出口，不安的預感就會隨之成眞。

在那之後，糖糖的腦海便會不時浮現王魏凱坐在紙箱前，一言不發的沉默模樣。

某個週六午後，糖糖獨自一人來到空屋。

他們一起找遍了許多地方，卻仍一無所獲，面對一次又一次的失望，讓兩人幾乎就要放棄尋找小貓的念頭。

兩人不敢去猜測小黑點是否已然遭逢意外，而是假想牠也許已經被好心人收養，只有這麼想，她和王魏凱心裡才會好過一些。

因此，糖糖暗自打定主意，今天是最後一次前來空屋察看，毫無意外地，依然不見小黑貓的蹤跡。

但她告訴自己，小黑點之所以沒再出現，是因爲牠已經安然無恙地待在新主人的家中，備受呵護，過著幸福快樂的生活，不再挨餓受凍……

這麼一想，糖糖懸著的心才終於放下。

就在她準備掉頭回家的前一刻，眼角餘光瞄到前方的道路中央，有一樣黑色的物體橫在那裡。

大雨模糊了糖糖的視線，她無法看清那究竟是什麼，她緩步靠近，那看起來似乎是一隻動物……

糖糖呼吸一滯。

剩下幾步距離，她終於看清楚了，那是一隻小貓的屍體。

小黑貓的身軀乾瘦凹陷，早已沒了氣息。

牠的身體肚破腸流，幾乎像被車子輾過一樣，死狀悽慘，身上的血漬被大雨猛烈沖刷，和著腐臭的體液形成一道汙流，流進水溝裡。

糖糖呆立原地，久久無法動彈。

繫在小黑貓頸上的鈴鐺，在雨中閃爍著微弱銀光，好似下一秒就會熄滅的零星花火……

糖糖哭著將小黑貓帶回空屋。

她將牠殘破不堪的屍體葬在院子一角，把泥土掩蓋在牠身上的時候，她忍不住放聲大哭，直到聲音完全沙啞。

被姑丈性侵之後，糖糖就再也不曾掉過一滴眼淚，直到望見小黑點屍體的這一刻，她最後的期盼和寄託全然破滅，彷彿心裡的某一處，也跟著小黑點一同死去。

她的心千瘡百孔，已經回不去原本的完好。

過去那個天眞愛笑的自己，已經消失得無影無蹤，她再也找不到了。

王魏凱一臉錯愕地望著眼前的女孩。

糖糖全身溼透站在王家門前，臉頰泛紅，氣喘吁吁。

她抹掉臉上的雨水，露出笑容，「跟你說，我找到小黑點了！」

「眞的？在哪裡找到的？」王魏凱瞪大眼睛。

「就在空屋那邊，原來牠躲到草叢裡去了。牠沒什麼事，你可以不用擔心了——」眼見王魏凱就要走出去，糖糖連忙制止，「等一下，小黑點現在已經不在那邊了！」

「為什麼？那牠在哪？」
「其實……我是跟我同學一起找到牠的，她看到小黑點之後，就一直抱著牠不放，說想把牠帶回家養，現在小黑點已經在她家裡了。」
王魏凱半信半疑，「是哪個同學？我還是想看看小黑點，妳確定牠真的沒——」
糖糖打斷他的話，「可能沒有辦法，我那個同學後天就要轉學，所以就算你下禮拜一去學校拜託她，也沒有機會再見到小黑點了。」
他默不作聲，眼中滿是懷疑。
「我沒有騙你，我真的有找到小黑點，不信的話，你看！」糖糖從口袋翻出繫在紅線上的銀色鈴鐺，「這是你為小黑點繫在脖子上的鈴鐺對吧？我同學說會再幫小黑點買一個新的項圈，所以我就跟她要回來作紀念了。」
王魏凱伸手接過那顆鈴鐺，臉上的神情又是欣慰，又是極度不捨。
「謝了。」他過了好一會兒才出聲。
「不客氣。」糖糖微笑。
王魏凱忽然抬眸，視線定定地落在她臉上。
她在他這樣的目光下，有些心虛，「怎麼……了嗎？」
他瞅著女孩半晌才開口：「我一直覺得有事情忘記跟妳說，現在我想起來了，妳在這等我一下！」

不等糖糖回答，王魏凱轉身打開紗門，走進屋內。

糖糖在門口聽見他快步跑上二樓，再匆匆下樓的足音。

他抱著一件外套跑回來。

「之前有一夜我在空屋陪小黑點，結果不小心睡著了，醒來後就看見身上披著這件外套，應該是妳的吧？我有印象看妳穿過。」王魏凱把摺疊整齊的米色毛外套交給她，「我媽已經幫妳洗乾淨也晾乾了，妳可以直接穿回去。」

糖糖愣愣地接過，一時無語。

這時王魏凱又擰起眉頭，「妳再等等。」

他再次走進屋裡，找出一條乾浴巾，往女孩頭上一蓋。

「妳拿去擦，不然會感冒。」

見糖糖始終沒反應，王魏凱嘖了一聲，直接動手幫她擦起頭髮。

還沒回過神來，糖糖就聽見他噗哧一聲笑了出來。

「妳也太誇張了，找到小黑點就這麼興奮地衝來我家，妳不是都會隨身帶傘的嗎？怎麼會忘了撐傘？」王魏凱一面替她擦頭髮一面笑，「淋得像隻落水狗一樣，很呆耶妳！」

他的響亮笑聲讓原本一直迴盪在糖糖耳邊的雨聲，驀然靜止了。

王魏凱的笑容，讓映在糖糖眼底的一片漆黑，漸漸升起一絲曙光，照亮了她的世界。
她找到了。
她終於知道自己一直在尋覓的白天，在什麼地方了。
就算深陷在如此陰暗寒冷的泥沼之中，只要能擁有眼前這個人的笑容，她就覺得自己好像有了無所畏懼的勇氣，不再感到迷惘膽怯。
王魏凱，就是她世界裡的太陽。

糖糖不只一次希望，這輩子再也不必見到傷害她的那個男人。
上天似乎聽見了她的願望，一年後，糖糖的姑丈因爲侵占公司鉅款，涉嫌背信案遭到逮捕，必須入獄服刑八年。
糖糖家因爲這件事而陷入一陣愁雲慘霧，她雖然表面上裝得跟家人一樣沉痛哀傷，但在得知姑丈即將坐牢的消息後，這段日子以來籠罩在她心頭的陰霾，也隨之逐漸消散。
姑姑也在近日回到娘家，每當她因爲姑丈的事情哭泣時，糖糖都會體貼地陪伴著她；只是糖糖有時嘴上說著安慰的話，脣角卻會不知不覺地微微上揚，所幸她的反應極快，總能在被別人發覺之前，及時收起不小心洩漏而出的眞正情緒。

那時的糖糖認爲，只要從此擺脫姑丈的魔掌，終有一日能走出陰影；以爲只要不見到那個人，她內心的傷口就能逐漸痊癒。

只要傷害她的人消失，她就能慢慢變回從前的糖糖。

「這個給你。」糖糖捧著一盒蛋糕站在門前，笑得燦爛開朗，「這是我奶奶烤的蛋糕，分你吃一塊！」

王魏凱「喔」了一聲，卻沒有伸手接過，反而逕自走回屋裡。

他這樣的反應，表示糖糖可以跟著進屋。

她開心地跨進屋內，走沒幾步，忽然停下，定住不動。

站在樓梯口的王魏凱沒聽見身後的腳步聲，轉頭納悶地問：「怎麼了？」

「沒事。」糖糖甜甜一笑，踏著輕快的步伐跟上他。

她看得出來這天王魏凱心情不錯，因爲他什麼話都沒說，就直接讓糖糖進了他的房間。

兩人席地而坐，一邊享用剛烤好的蛋糕，一邊閒聊。

糖糖的姑丈鋃鐺入獄的這一年，王魏凱的家裡同樣也不平靜。

王魏凱的母親在某個深夜，帶著行李偷偷離家出走，從此無消無息，沒有人知道她去了哪裡。

發現妻子跑掉後，王父怒不可遏，每天歇斯底里地在家大吵大鬧。

相較於王父激烈的反應，王魏凱顯得十分淡定，甚至冷靜到讓人覺得不可思議。

對於母親的不告而別，他既不憤怒也不難過，好似失去母親對他而言，並不是什麼大事。

糖糖認爲，或許是王魏凱早就預料到會有這一天，也可能是他本來就對母親不抱有太多情感；畢竟母親的背叛，早在她逃離家門的那天之前就開始了。

「走了也好，不然繼續留在這裡，被打死也是遲早的事。」這是她唯一一次聽見王魏凱對母親的離去表示意見。

糖糖本想問他會不會恨母親沒有帶他一塊走，但是王魏凱冷然的態度，讓她打消追問的念頭。

事已至此，至於王母是不是和外遇的對象一起私奔，也已經不是什麼值得深究的事了。

與王魏凱日漸熟稔後，糖糖三不五時就跑去他家找他玩。

得知王魏凱喜歡甜食，她也常常帶來各式各樣的點心給他，兩人時常在週末悠閒的午後，一起享用甜點下午茶。

時間一久，糖糖在他面前也不再維持人前那副乖乖牌的模樣。她開始會對王魏凱惡作劇，展現自己活潑調皮的本性，這是她從未在別人面前展露過的一面。

她的心，只願爲王魏凱一個人打開。

也許是受到糖糖的影響，從不輕易讓別人踏進自己生活的王魏凱，也因爲她而打破了慣例。

這個古靈精怪的女孩有時也會有任性固執的時候，但王魏凱卻不曾因此而反感，反倒是完全拿她沒轍。一陣日子後，對於糖糖老是冷不防地出現在他房間這件事，他也見怪不怪了。

對於她，王魏凱永遠無法眞的生氣。

「你剛剛在畫畫嗎？」看到他的床上放著畫筆，糖糖眨眨眼，「借我看好不好？」

「不好。」

他的話音剛落，糖糖已經自動從枕頭下抽出一本畫冊。

王魏凱無奈地嘆了一口氣，其實他早知道就算拒絕也是白搭。

自從發現王魏凱對畫畫有興趣之後，糖糖每次來他房間，有事沒事就會翻翻他的畫冊。

「到獅子那一頁就別再往後翻了。」他出聲。

「爲什麼？」

「後面的我還沒畫完。」

「喔……」糖糖點點頭，卻慢慢掀開一角，作勢翻頁。

王魏凱跳了起來，沉聲警告，「喂，戴元妍！」

其實王魏凱並不排斥讓糖糖看他的畫，只有未完成的作品，才不允許她看。這是他唯一的堅持，但糖糖就是頑皮，常常故意鬧他。

平常再怎麼開玩笑，糖糖還是懂得適可而止，只是當她聽見王魏凱語帶威脅地喊出她的全名時，忍不住偏頭問道：「那你回答我一個問題，我就不偷看。」

「什麼問題？」

「爲什麼你每次都叫我戴元妍，而不是跟其他人一樣叫我糖糖？」

印象中王魏凱從未喚過她的小名，平常不是「喂」一聲稱呼她，就是直接叫她的本名。

雖然糖糖並沒有特別在意，但她就是想知道理由，身邊所有人都這樣叫她，就只有王魏凱不是，不禁令她有些好奇。

「因為我不喜歡這個綽號。每個人左一句糖糖，右一句糖糖的，我覺得很噁心，不想叫，也叫不出來。」他不假思索回答：「比起那兩個字，我還比較喜歡妳原來的名字。」

王魏凱這番話沒有惡意，卻讓糖糖脣畔的笑意登時凝結。

一聽到「噁心」兩個字，她的思緒一頓，頭皮一陣發麻。

晚上，糖糖像個雕像一樣，一動也不動地坐在房間裡發呆。

正要躺下歇息時，兩腿間猛然傳來一股強烈的刺痛，讓糖糖眉頭一皺。

糖糖將原本彎著的大腿打直，她的右大腿內側有一條五公分長的細疤，還泛著鮮明的血紅。

這個動作撕裂了傷口，使那道疤微微滲出了些許血絲。

「果然割得太用力了……」糖糖呢喃。

看著昨晚自己親手用刀片割出來的傷口，她一臉無動於衷，原本以為已經減輕了力道，想不到還是劃得過深，難怪她今天一整天走路時，都還覺得有些刺痛。

自從那個男人入獄不久後，糖糖開始出現一些自殘的舉動。

每當睡不著，或是惡夢連連的夜晚，她就會忍不住拿刀片割自己的身體。

糖糖無法抑制自己這種失控的行為，更無法阻止傷害自己的衝動。

不知道為什麼，只有在看見自己肌膚上緩緩滲出鮮血時，她才會覺得心中的壓力舒坦許多。

剛開始她本來想割手腕，但怕被別人發現，因此她選了一個不會被輕易看到的地方——大腿內側。

現在，糖糖兩腿間的肌膚已經布滿深淺不一的疤痕。

每割下一刀，糖糖就會想起姑丈進入自己身體的感覺。

那不堪的回憶，並沒有隨著男人的消失而抹滅半分。

「糖糖啊，我可愛的糖糖……」

她凝視著窗外，外頭一片夜色如墨。

今晚，她不知又要等到何時才能闔眼。

「叔叔好。」

糖糖站在王家門口，止好與走出來的王父碰上。

王父眼神渙散，目光停留在女孩臉上好一會兒。他的意識看起來還算清醒，應該沒有喝酒。

「叔叔要出門嗎？」糖糖嗓音輕柔，笑盈盈地問：「我剛剛看到山頭那邊已經出現烏雲，等等可能會下雨，叔叔最好還是帶把傘比較好喔。」

王父雖然脾氣暴躁，但也知道糖糖對誰一向都是親切有禮，因此王父雖然常見她跑來找王魏凱，卻從沒有表現出一絲不悅。

聽了糖糖的叮嚀，王父只是不置可否地隨意點了點頭，依然空著雙手離去。

糖糖目送他的背影消失在道路盡頭，才走進屋裡，上了二樓。

王魏凱正在房間午睡。

素描紙跟畫筆四處散落在他身旁，不難想像他又畫了一個早上的畫。

糖糖幫他簡單收拾過後，坐在床邊瀏覽他的畫作。

經過長久以來的練習，王魏凱的畫功越來越見純熟，什麼複雜的圖形都難不倒他。

她明白王魏凱有多麼努力，而這些努力，只爲了一個目標。

雖然王魏凱從未向糖糖透露，但她一直都心知肚明。

她曾經在王魏凱的房間偶然發現他藏起來的紋身機器，從那時糖糖就明白了，那就是王魏凱的夢想，是他將來想做的事。成疊的畫作，就是他爲夢想奮鬥不懈的證明。

她其實很羨慕這樣的王魏凱。

幸福的家庭、美滿的生活，糖糖每一樣都有，卻始終不像王魏凱那樣，對某樣事物抱持著如此強烈的熱情，並且有爲了夢想而燃燒生命的決心。

每當王魏凱拿起畫筆，就像變了一個人似的，完全沉浸在自己的世界，不受任何人打擾。

那是個多麼令人著迷、耀眼到連糖糖都無法直視接近的世界。

欣羨之餘，她甚至會忍不住嫉妒起王魏凱。

王魏凱走的道路明明比她更顛簸崎嶇，沿途不見光亮，但這時候的他，卻比天上的任何一顆星星，甚至比太陽都還要來得更加耀眼。

因此糖糖有時會想著，自己才是被留在黑暗之中的那個人。

可是，她卻一點都不覺得悲傷。

因爲在她心裡，也已經有了讓她願意用生命守護，並爲此付出一切的東西。

「嗯……」

聽到身後傳來的低吟，糖糖回過神來。

王魏凱翻了個身，臉面向她，依然還在熟睡。

從這個角度來看，糖糖才發現他的手臂和臉頰上，竟然又出現了新的傷痕和瘀青。

這些傷，無庸置疑是王父動的手。

糖糖放下畫作，趴在王魏凱身邊，凝視著他的睡顏。

哪怕再過不久，外頭就會烏雲密布，下起一場大雨，她也毫不在意。

對她而言，只要有他在，外面的世界變得怎樣，都與自己毫無關係。

她的夢想、她的生命，自始至終只屬於這個人。只要能擁有他，就算明天即將迎來世界末日，糖糖也不在乎。

王魏凱就是讓她傾盡一切，想要守護到最後一刻的人。

那時才十四歲的糖糖，已經十分清楚意識到了這件事。

國三那年，某天傍晚，糖糖來到王魏凱家。

二樓房間的燈沒亮，她以爲王魏凱在樓下，經過廚房，仍沒看見他的身影。

走廊盡頭的房門半掩，日光燈的白光從房裡流瀉而出。

糖糖走進去，見王父倒臥在床上，醉得迷迷糊糊，眼睛半闔，一旁地上還散落著幾個空酒瓶。

常常出入王家的糖糖，早已看慣了這幕景象，她端著保鮮盒走到床邊，對動也不動的王父說：「叔叔，我是糖糖。這是我媽媽做的泡菜，她要我拿一盒過來請你跟小凱吃，我幫你放在冰箱好嗎？」

王父沒有出聲，眼珠子像覆上一層混濁的光，無神地盯著糖糖。

她轉身要往廚房走去，這時卻聽見身後傳來含糊的悶哼，回頭一望，王父正不自然地蠕動著身軀，原本穿在身上的四角褲，也已經脫了下來。

他直接將生殖器袒露在糖糖面前，一雙眼睛直勾勾地注視著她。

王父呼吸急促，嘴裡不斷發出乾啞粗重的呻吟，但他喝得太醉，無論怎麼撫弄生殖器，就是無法勃起。

看到王父明目張膽地對著自己自慰，糖糖非但沒有流露出半點驚慌與惶恐，反而不動聲色地站在原地，沉默了半晌。

她緩步走回床前，將保鮮盒放在桌上，在王父身邊坐下。

王父渾身酒氣，面容憔悴，糖糖直直地看著他，眼神卻很溫和。

「叔叔，你很寂寞，對不對？」她輕輕地問：「是不是覺得自己只有一個人呢？」

他吃力地張口發出粗嘎的聲音，彷彿想說話，卻又遲遲吐不出完整的字句，只是瞪大眼盯著糖糖，眼眶發紅。

糖糖的目光移至他身下。

她緩緩伸出纖細的手，將王父頹靡癱軟的陰莖握在手中，開始用輕柔的力道上下揉壓。

來回撫弄了一會兒後，糖糖開口：「舒服嗎？」

王父嘴脣發顫，發出斷斷續續的喘息，眼角甚至泛出淚光，沒多久就神情陶醉地閉上眼睛。

「如果這麼做，可以讓叔叔不會那麼寂寞，那我願意幫叔叔的忙。」糖糖漾起一抹微笑，「所以，請叔叔不要再打小凱了，好不好？」

假如非得和惡魔交換條件，就算必須走進更深的黑暗裡，她也心甘情願。

她不覺得疼痛，不覺得後悔，更不需要流淚。

因爲守護王魏凱，就是她活著的意義。

一樓大門深鎖，糖糖爬上梯子，從窗戶踏進二樓房間。

原本想來個突襲，房內卻空無一人，見房門未上鎖，她便知道王魏凱只是暫時離開。

糖糖把剛出爐的甜甜圈放在一旁，往床邊一坐，一如往常翻起王魏凱的畫冊。

其中一張畫抓住了她的目光。

那是王魏凱最新的畫作，是一名裸女。

過去他作畫的主題多半以動物居多，很少看他畫人，更別說是一個赤裸裸的女人。

畫中的女人慵懶地側躺著，雙眼闔起，嘴角微微上揚，黑瀑般的長髮披散，她的體態豐腴，一手握住乳房，另一隻手放在腹部；下身一隻腿曲起，姿態隨意又不失性感，尤其張開的大腿，更讓她的私密風光一覽無遺。

整幅畫既露骨又魅惑，卻一點也不色情，反而有一種美感，尤其女人的臉部表情十分嫵媚，令糖糖看得出了神，連王魏凱走進房間都沒發現。

看到糖糖手裡拿著畫冊，王魏凱不由分說便衝上前從她手上一把奪回，臉上顯露出驚慌之色。

糖糖眉一挑，「小凱好色喔。」

「妳懂什麼？這是藝術好嗎？」他沒好氣地回。

「那你爲什麼要急著搶回去？」

他一時啞口無言，不曉得該怎麼解釋，「總之，妳就是不能看！」他把畫冊塞進書桌抽屜，「這不是小女生可以看的啦！」

糖糖定定瞅著他，「你喜歡那樣的女人嗎？」

「什麼？」

「就像畫裡的女人那樣，胸部大大的、頭髮長長的，你喜歡這種婀娜性感型的嗎？」

「小姐，那只是練習，不代表我喜歡這種類型的好嗎？」

「所以不是眞有畫裡這個人嘍？」

「不是。」王魏凱嘆了口氣，脣邊隨即勾起一抹似笑非笑的弧度，「幹麼，妳很在意？」

她鼓起腮幫子，不肯說話。

「安啦，就算妳不是這一型的女生，還是會有很多人喜歡妳啊，又不是全世界的男人都喜歡性感的女人。而且比起性感妖豔那種類型，像妳這種乖乖牌的氣質女生，有時反而更能引起男人的遐想。」

王魏凱拿起她帶來的甜甜圈，邊吃邊說：「所以，妳不必擔心以後沒人要，妳絕對嫁得出去啦，我可以保證！」

「你眞的越來越像個色老頭了，一定是因爲看太多黃色書刊的關係。」

「哪有？我是在叮嚀妳，將來挑男人的時候，眼睛要睜大一點，才不會招來變態。哪怕是表面再道貌岸然的男生，也不是每個都能用純潔的眼光看待妳的，知道嗎？」

「那小凱呢？」糖糖歪著頭，「你對我會有非分之想嗎？」

王魏凱一愣，別開視線低咳幾聲，一副欲言又止的模樣。

「你的反應好傷人喔。」

「不然妳要我怎麼回答？妳保證不管我怎麼說，都不會生氣嗎？」他沒好氣地瞪她一眼，神色尷尬。

糖糖咯咯笑了起來，看著王魏凱咬下甜甜圈，有個念頭頓時從她腦海一閃而過。

「小凱，可不可以畫我？」她認眞問：「畫我看看，好不好？」

一次也好，她忽然想透過王魏凱的畫，看看自己的模樣。

她想知道在王魏凱心中，自己會是什麼樣子？

他起初並不願意，禁不起糖糖一再請求，只好勉強答應，拿起畫冊，坐在她面前開始作畫。

他的神態專注，頭也不抬，仔細地一筆一筆畫了起來。

糖糖好奇，「你不用看著我畫嗎？」

「不必。」王魏凱脣角微揚，「妳的臉，我已經熟悉到連閉著眼睛都能畫了。」

他每一次下筆，臉上都閃爍著自信與堅定的光彩。糖糖知道，當他流露出這樣的神情，就是他最快樂的時候。

「小凱，叔叔最近還有打你嗎？」

「沒有啊。」他聳聳肩，「不曉得他哪根筋不對，從前照三餐打，前陣子卻像吃錯藥一樣，一看到我就默默走掉，也不再一天到晚鬼吼鬼叫了。」王魏凱冷哼，「管他怎樣，反正不要哪天又莫名其妙發神經就好。」

聞言，糖糖發自內心地笑起來，「對呀。」

半小時後，他把畫好的素描交給糖糖。

畫中的女孩面容清秀，雙瞳晶亮。

無論是神韻、頭髮，還是臉上那顆小痣的位置，王魏凱的筆下都精準細膩地描繪了出來。

明明沒有看著她，他卻可以憑著記憶將她畫得躍然紙上，使糖糖一度覺得自己並不像是在看一幅畫，反而像在照鏡子。

「怎麼樣？沒有把妳畫醜吧？」

糖糖盯著畫良久，若有所思地問：「我的眼睛有這麼漂亮嗎？」

王魏凱大笑，「話先說在前頭，我可是如實照我的印象畫的，沒有吹捧討好你喔！」

「可以將這幅畫送給我嗎？」

「不行。」他馬上將畫收回，「我想再加強一些細節，等真正完成再說。」

「可是我看已經差不多了呀。」

「我說還沒畫完，就是還沒畫完。」王魏凱闔上畫冊，沒有妥協的餘地，「我要睡午覺了，妳要繼續留在這裡嗎？」

糖糖忽然有一股直覺，王魏凱並不是眞的想要午睡，而是打算繼續完成這幅畫，卻不想讓她看見。

於是她離開房間，走下一樓，恰巧碰上一臉微醺的王父，從廚房搖搖晃晃地走出來。男人一看到糖糖，雙目發光，猴急地將她拖進房，一把扯掉她的褲子和內褲，扳開她的雙腿，整個人壓上她的身軀。

糖糖靜靜地望著天花板，一滴淚水沿著眼角滑落。

剛剛第一眼看到王魏凱爲她畫下的畫像時，她就已經察覺，畫裡那個擁有一雙純眞眼睛的女孩，已經不是自己了。

王魏凱心中的糖糖，是那樣純潔無邪，乾淨得沒有一絲雜質，美好的像個天使。

僅看了一眼，她就知道自己和他心中的那個糖糖，已經全然不同了。

她甚至覺得，假如王魏凱剛才看著她的臉作畫，一定會畫出一張截然不同的畫作。

糖糖不曉得自己究竟爲何而哭泣，是爲了不復存在的自己，還是因爲自己再也無法變回王魏凱心中的模樣？

她愛他愛得那樣強烈，不顧一切，只要能陪在王魏凱的身旁，只要他也能愛著她，她爲他做下的那些在世人眼中看來荒誕不羈、離經叛道的行爲，對她來說都不算什麼。

站在深淵裡的她，早已墜入無邊無際的黑夜，除了王魏凱之外，再也看不見別人。

這時的糖糖卻怎麼也沒料到，多年後的未來，自己會有恨他的一天。

「我要去台北。」

十七歲的王魏凱曾這麼告訴糖糖。

那時的他神采奕奕，眼神滿是光采，彷彿隨時準備好展翅高飛。

糖糖知道王魏凱已經期待這一天許久，也知道他總有一天可能會一去不回，飛到她再也看不見，也無法觸及的遠方。

她無法想像失去王魏凱之後，這個世界會變成什麼模樣。

光是想到以後可能再也無法見到王魏凱，她就覺得渾身上下每一顆細胞都在高聲尖叫，發出淒厲的哀鳴。

只有這種時候，糖糖才眞正像個手足無措的小女孩，不過她卻發不出聲音來，只是面無表情，像個沒有靈魂的空殼一般，怔怔望著王魏凱。

無論是要求他用自己的英文名字，作爲他將來刺青店的店名，還是要他在三十歲時回到這裡，都是因爲糖糖不想讓自己從此在王魏凱今後的生命裡失去蹤跡。

糖糖不想要當他繼續往前走的時候，她卻再也無法跟上。

她就是不准王魏凱忘記她。

「如果妳以後去台北，我們就可以一起生活。」

就在她覺得將要失足墜入深不見底的漆黑之際，王魏凱的這句話，讓她看見了一道曙光。

一直以來，她從不認爲自己會離開有王魏凱在的地方，也不認爲自己有一天可以走出那段長夜。

直到王魏凱這麼對她說，糖糖才知道，原來他一直都將她放在心上。

原來他不會丟下她，王魏凱也愛著她，她可以和他遠走高飛。

原以爲只要留在這裡，就不會與王魏凱分開，但現在她明白了，唯有一起離開，她才能跟王魏凱永遠在一起。

她終於懂了。

可是爲什麼她還是哭了？

半夜，糖糖躺在床上淚流滿面，將身子蜷縮成一團。

床單被她抓得皺爛，一聲聲孱弱的呻吟自她喉間逸出。藏在心底深處的傷痛，讓她難受得不停打滾；待外頭雨勢大了一點，她才敢發出細若蚊鳴的啜泣聲。

糖糖將手探進內褲，用手指進入自己的身體，然而心中的黑洞卻仍巨大得看不見邊際；她全身發冷，彷彿連頰上流淌的淚水都是冰的，未曾間斷的雨聲像是碎石般朝她落下，幾乎就要震破她的耳膜，將她活埋。

她一邊想著王魏凱畫過的裸女圖，一邊撫摸自己的身體。

她的每吋肌膚無時無刻都在渴望著王魏凱，渴望被他擁抱、觸摸、親吻；渴望感受他壓在她身上的體溫和重量，渴望聽見他在她耳邊吐出的激情喘息……

她是那麼地全心渴求王魏凱，甚至不惜在颱風夜溜進他的房間，只爲了擁他入眠。

最後，王魏凱還是沒有碰她，但她卻在他懷中度過了一個最安穩寧靜，沒有惡夢驚擾的一夜，糖糖永遠也忘不掉這一夜。

偏偏自己卻做出了傷他至深，徹底背叛他的事。

當糖糖某次再被王父拉進房裡，因爲王父太過心急，還來不及脫下她的內褲，就已經先射精，精液就這麼沾在她的內褲上。

完事之後，王父睡得不省人事。糖糖一邊穿衣，一邊尋找不知被丟到何處的內褲，眼看遍尋不著，只得放棄，趕在王魏凱下樓前匆匆離去。

隔日放學，她在巷口看見王魏凱。

本想張口叫他，卻見他面色有異，快步走回家裡。

糖糖在王家門口猶豫了一分鐘，才跟著進屋，她發現王魏凱把書包留在走廊的椅子上，王父的房門敞開，房內十分安靜，沒有一點聲響。

王魏凱的書包沒有放好，有個東西從書包間隙露了出來，糖糖一瞥見，隨即全身一僵。

那正是她昨天離開這裡時，一直找不到的東西。

她走近房門，一眼望見王魏凱正拿著枕頭悶住王父的口鼻，企圖殺了他。

面對憤怒到已經失去理智的王魏凱，她唯一能做的，就只有溫聲安撫他。

除了微笑，她不曉得自己此時還能做出什麼反應。

王魏凱最後看著她的冰冷眼神，讓糖糖知道，她已經徹底失去了他。

糖糖明白，王魏凱從今以後再也不會原諒她。

高中畢業後，王魏凱選擇不告而別，一個人遠走高飛。

過了幾日，糖糖回到他的房間，發現王魏凱將這幾年來的畫作全留在抽屜，包括她寫給他的信也是，他連拆都沒有拆開。

她翻開其中一本畫冊，翻到王魏凱曾爲她畫的那幅肖像畫。

那時他說要再修改細節，要她先離開，後來便再也沒給她看過。如今畫裡的女孩，卻和糖糖當時所看到的完全不一樣。

王魏凱當初爲她畫的晶亮雙眼，現在卻是全然一片漆黑。

從被擦掉的筆跡來看，王魏凱似乎曾想替她畫上一對翅膀，但最後卻沒有增添上去。再下一頁後便是一整段的空白，王魏凱似乎已不再作畫。

儘管知道王魏凱已經對自己失望透頂，奇怪的是，糖糖卻發現自己並未如想像中哀傷。

在她內心深處，始終有一股強烈的預感，她將會和王魏凱再次相逢。

在他們重逢之前，無論還需要多少時間，他都不會在她的生命裡消失；而她也相信王魏凱永遠不會忘記她，哪怕對他來說，她已經變成了一個痛苦不堪的回憶，糖糖相信，他也依然會將她放在心中最重要的位置。

想到這裡，糖糖鬆了一口氣，放下心中的大石。

儘管每個夜裡她依然會淚流滿面，夜不成眠，她卻再也不會感到不安了。

糖糖相信自己本身就是爲了王魏凱而存在，既然如此，兩人之間的羈絆就不可能會中斷。

在追尋王魏凱的道路上，糖糖對這點始終深信不疑。

帶著這樣的信念，她後來隨著王魏凱的腳步來到了台北，並且如她的預感一樣，眞的在三年之後和王魏凱重逢。

在看見那個始終住在自己心裡的男人時，她既沒有欣喜若狂，也沒有喜極而泣，反而十分淡定從容。

既然早知道會有重逢的一天，她又何須覺得驚喜？

五年不見，王魏凱變了不少，兩人四目相交的那一刻，糖糖腦中浮現的，卻是背著書包，身著黃色雨衣站在雨中，小學六年級的他。

糖糖等這一天，已經等得太久了。

爲了走出那片永夜，爲了奔向她的太陽，她度過了多少個身陷煉獄般的日子。

如今這個世界終於只剩下他們兩人，她終於能與他遠走高飛，以爲一直以來只能隱身在黑夜之中的自己，總算能走在陽光之下。

這一切，只不過是她以爲。

「呼……嗯，啊啊……」

深夜十二點，巷弄裡沉寂一片，迴盪著女子一聲聲綿密熾熱的嬌喘。

糖糖提著宵夜，站在公寓大樓門口，久久沒有動作。

半晌，糖糖才拿出備份鑰匙開門，走到位於五樓的一扇鐵門前，在一旁的階梯坐下，男女的喘息聲從門後傳來，分外清晰。

樓梯間沒有開燈，她低著頭，不知道在想些什麼。

約莫十五分鐘後，那扇鐵門打開了，一名陌生女子從屋裡走了出來，匆匆離去。

王魏凱正打算掩上門時，才瞥見糖糖藏在黑暗裡的身影，他臉上並不顯驚訝，只淡淡地問：「這麼晚還跑來？」

「對呀，特地帶宵夜來給你吃，有沒有很感動？」

「妳前天不就帶吃的來了？」

「所以知道我對你多好了吧！」

王魏凱淺淺一笑，接過她手裡的宵夜，「妳的手很冰，進去先喝杯溫開水。」

她是唯一可以自由進出王魏凱家裡的女人，更是唯一可以與他同床共枕，在他懷中入眠的女人。

糖糖知道王魏凱不僅和一個女人上過床，與他重逢至今，她便數次撞見他與不少女人有著那樣的關係。只是沒有別的女人能像她一樣，如此緊密地參與王魏凱的生活，甚至是他的生命，她依舊是王魏凱最親密的人。

然而每當兩人在床上緊緊相擁和親吻時，王魏凱卻始終不曾像對待其他女人那樣，眞正擁抱糖糖一次。

糖糖起初以爲王魏凱是想要小心翼翼地呵護自己，但另一方面也隱約感覺到其實他對過去那件事仍未完全釋懷。

畢竟王魏凱曾爲了那段不堪回首的往事，在她面前狠狠痛哭過一回。

「爲什麼？」

糖糖無法解釋，她明白自己已經傷他太深。

因此她願意等，願意等待王魏凱淡忘傷痛，等待他眞正原諒她的那一天到來。

她默默的等、痴痴的等，等得心好痛好痛。

王魏凱一次次與其他女人翻雲覆雨，她卻只能躺在他懷裡，怎麼等也等不到他主動索求的一個吻。

一日夜裡，王魏凱洗完澡，熄燈在床上躺下。

睡在他身側的糖糖先是靜靜擁抱著他，隨後抬起身子，輕輕在王魏凱脣上印下一吻。

她伸手探進王魏凱的上衣，伏貼著他的胸膛，開始溫柔地撫摸他的身軀。

王魏凱安靜地任憑糖糖擺布，兩人舌尖交纏，等彼此氣息逐漸提溫，她的脣便向下游移，從他的臉、胸口，沿至他的腹部。

卸下王魏凱內褲的那一刻，糖糖整個人卻猛然一愣。

儘管經過熱烈纏綿的前戲，王魏凱的陰莖卻依然沒有任何反應。

無論她如何嘗試，結果仍是一樣，他就是沒有辦法勃起。

昏黃的夜燈下，糖糖茫然地坐在床上，對上王魏凱空洞的眼神，霎時之間這個再殘酷不過的眞相，狠狠將她打落谷底。

王魏凱無法擁抱她。

不管糖糖怎麼做，王魏凱都無法對她產生情欲。

她這才明白，王魏凱並不是因爲珍惜她，才遲遲不肯擁抱她，而是他心裡的疙瘩，早就讓他再也無法將她視爲一個普通女人。

她愛他，也比這世上的任何一個女人都還要離他更近，可是她卻永遠無法擁有他。

面對糖糖，王魏凱不行。

唯獨她不行。

糖糖恍然地笑了，笑容哀淒，一行眼淚緩緩自她的面頰落下。

「……這是報復嗎？」她又哭又笑，不一會兒就淚流滿面，「小凱，你在懲罰我嗎？」

王魏凱面無表情，緩緩闔上眼。

他雙唇緊抿，良久才沙啞地吐出一句：「對不起。」

糖糖當場崩潰痛哭了起來。

原來她早就註定成為王魏凱這輩子最深的陰影。

她不可能再是他的天使，只是一個他永遠無法抹滅的惡夢。對糖糖而言，這無疑像是被宣判死刑一樣殘忍。

她知道自己傷他太深，讓他太痛。

可是她呢？

她就必須承受這一切？必須被這樣對待嗎？

她就必須這麼活下去嗎？

王魏凱的道歉，奪走她的所有希望，將她再度推回無底深淵。

她的太陽，已經不見了。

她的白晝，不可能再回來了。

自從那一夜之後，兩人失聯了整整一個月，直到聖誕夜當天，糖糖再度來到王魏凱的家。

她帶來聖誕蛋糕跟他一起享用，和他愉快地閒話家常，兩人對待彼此的態度一如往常，彷彿什麼事也沒發生過。

吃完蛋糕，糖糖放下短叉，定定地望向王魏凱。

「小凱，你還記不記得，你小學六年級的時候，曾經撿到一隻小黑貓？你把牠養在一棟空屋裡，你還幫那隻貓取名叫『小黑點』，後來牠被我同學領養帶走。有印象嗎？」

王魏凱停頓一會兒，點點頭，「有啊。」他輕笑，「爲什麼突然問起這個？」

「因爲我想告訴你，小黑點其實並沒有被我同學領養，那是我騙你的。」糖糖語調平靜，「我跑去你家告訴你這件事的時候，那天稍早之前我就發現了小黑點的屍體。牠出了車禍，身體被輾爛，連血都流乾了，根本看不出原來的樣子。我把牠埋在空屋的院子，再帶著你送牠的鈴鐺去找你，當時因爲怕你太難過，我才會編出那些謊言騙你。」

王魏凱抬起頭，一聲不響地看著糖糖。

糖糖傾身，捧住他的臉，溫柔地望進他的眼底，「你知道我爲什麼會跟叔叔上床嗎？因爲他答應我，只要我這麼做，他就不會再打你。所以我才會答應跟叔叔發生關係，而且還不只一次，當小凱你在房間開開心心的畫畫，吃著我買給你的甜甜圈時，我就在叔叔的房裡，用身體交換你平靜的日子喔。」

王魏凱的視線始終沒有離開她，眼角抽搐了一下。

兩行淚水沿著糖糖的雙頰滑落，同時她的臉上卻漾出一個笑容，「你會心痛嗎？會更恨我嗎？不過，比起我自己，我現在更恨的人，其實是你啊！」

如果可以，她多麼希望自己可以化爲一把利刃，狠狠刺穿這個男人的胸口。

她多希望可以親眼看見這個男人因爲痛苦不堪，而不斷流淚哀號。

可是在那之前，卻是她的心先碎了一地。

面對王魏凱那雙木然的眼瞳，她的淚水怎麼也止不住，就像是一場停不了的傾盆大雨。

「小凱。」良久，糖糖闔上眼眸，輕聲呢喃：「從今天起，我們就放過彼此吧。」

留下這句話，糖糖離開了屋子，就此走出王魏凱的世界。

路上，她仍然一邊流淚，一邊笑著。

「我會幸福。」糖糖喃喃自語，「我得到幸福了……」

她想要自由。

她想擁有眞正屬於她的幸福。

離開王魏凱的這一夜，她相信自己正在朝那兒走去。

往沒有他的幸福走去。

兩年後的十二月二十四日，是個看得見星星的聖誕夜。

午夜時分，糖糖獨自坐在位於八樓的自家陽臺上，眺望著遠方。

她上半身赤裸，如絲綢般的烏黑長髮在風中飄蕩。

儘管腳底下的警鳴聲幾乎就要劃破天際，她卻始終覺得四周一片寧靜。

當她從屋內擺在床邊的全身鏡中，瞥見自己背上的一雙雪白色翅膀時，忍不住甜甜一笑。

她多麼喜歡凝視著這樣的自己。

滿天星斗下，糖糖閉上雙眸，在黑暗當中，她漸漸看見了一雙清澈的眼睛。

像清水一樣澄澈乾淨，美麗無瑕的眼睛。

她向前張開雙臂，傾身擁抱風。

朝這個世界墜落之際，糖糖意外發現自己的身子，竟輕巧得像在飛翔一樣。有一瞬間，她甚至以爲看見自己背上長出了一雙白色翅膀。

實際上，她相信自己確實看見了。

糖糖露出幸福無比的燦爛笑容。

她眞的變成了天使。

Chapter 4

周信宇。

有了我你應該什麼都不缺　心再野也知道該拒絕
有什麼心結難解　竟然你離不開這一切
若是我身在誘惑的街　若是我身在沉淪的午夜
你的心是否會為我而淌血　從此醒覺

林憶蓮〈誘惑的街〉
詞：李宗盛　曲：李宗盛／周國儀

「我愛你。」

睜開眼睛的前一秒，他聽見有人在耳邊輕聲呢喃。

那股氣息溫柔得像是一陣春天的微風，卻在轉瞬間消逝得無影無蹤。

斗大的雨珠敲打著屋簷，但雨勢已經不如之前那樣緊湊。他慢慢坐起身，望向閃著雨光的玻璃窗。

日光的照射，使窗面宛如波光粼粼的池水般透亮，雖不如陽光刺目，卻還是亮得讓他無法直視。

他不曉得自己究竟睡了多久，見外頭天色未暗，他便下床洗臉，換了身衣服，到附近的ATM轉帳，將這個月的房租匯給房東，再去便利商店買了晚餐回家。

剛才出門時還沒注意到，這會兒站在門前，他才看到居然有好幾張不同顏色的螢光便利貼，歪歪斜斜地貼在鐵門上。

沒開燈的樓梯間顯得十分昏暗，眼前驀然出現如此「繽紛」的畫面，令他不禁一愣，有那麼一瞬間，他幾乎就要以爲自己看見彩虹。

他不曉得這些便利貼是在什麼時候被誰貼上去的？原以爲是有人在惡作劇，但等他上前細看每張便利貼上的文字，才發現不是那麼一回事。

「帽T男，你在家嗎？打個電話給我吧！」

「你是不是生病了？拜託回我一通電話，至少讓我知道你沒有昏倒在家。」

「你不要生氣了嘛，我眞的不是故意的，你就原諒我吧，好不好？」

「你有沒有好好吃飯？我很擔心你耶！你是不是回家過年了？」

「臭帽T男，你非得這麼冷酷無情嗎？你知不知道我現在得等其他住户回家，才能跟著進來？都快被別人當成變態了！快點跟我聯絡啦！」

他默默凝視著這些字條。

一會兒後，他撕下所有便利貼，掏出鑰匙開門，走進屋內，脫掉半溼的帽T，進浴室淋浴。

即使是在這樣的雨天，他仍然習慣不撐傘出門，除非雨勢眞的太大，才會套件雨衣。對著鏡子，看見自己布滿鬍渣的臉，不知怎地，他才突然意識到自己的世界似乎已經安靜很久很久了。

今天是大年初五，要是剛才沒在便利商店的廣播之中聽見主持人提起，也許他還不會發現時序已經進入二月，連除夕都過了。

這段日子，他等於待在家裡足不出戶，整整十天不曾踏出大樓一步，連手機沒電也丟在一旁置之不理。要不是得繳房租，加上家裡的泡麵和冷凍食品已經吃完，或許今天他也不會踏出家門。

他只是想要等雨停。

每逢下雨，他就像頭被囚禁的困獸，讓他只能留守原地，哪裡也去不了。

淋完浴，吃完飯，他往床上一坐，視線再度被剛才隨手放在桌上的那疊螢光便利貼吸走。

他想起來，先前許宥葦似乎有好幾天都跑來他家按門鈴，但他從未理會，後來就漸漸再也沒聽到門鈴聲響起。

這些字條，很有可能就是她在那段期間貼上去的。

若沒看到便利貼，恐怕他連許宥葦曾來過這邊的事，也會忘得一乾二淨。

就像那時候一樣，只能活在那個人的世界裡，其他什麼也看不見。

話說回來，為何他會突然聽見那句夢囈？

是幻聽，還是在作夢？

直至此刻，他仍然聽得到那句話還在腦海中盤旋縈繞，那股溫熱的氣息彷彿還殘留在耳畔，久久沒有消散。

是因爲太思念她的緣故？

他揉揉眼睛，勉力撐開乾澀的雙眼。

已經三年了。

不管那究竟是不是夢境，一千多個日子過去，如今再聽到那三個字，他的心竟然還會如此抽痛，彷彿那些過去並沒有眞的成爲過去，那個人依舊占據他生命中最重要的位置。

她笑起來的模樣，深深凝視著他的眼神，甚至是她睡著的容顏，都還深刻烙印在他的腦中，不論張眼闔眼，他都能看得見她。

如果不是被許宥葦那麼一嚇，或許現在的他不至於會像這樣頻頻想起過往。

即便眼淚在這一刻掉下來，他也不會嘲笑自己。

離開育幼院的那天，是個萬里無雲的大晴天。

對於在那邊生活的點滴記憶，他記得不多，對當時負責照顧他的老師，也僅剩一些模糊的印象。

在被正式領養前，他在育幼院度過了三年的時光。

他在三歲時就被送進了育幼院，但他不是很了解實際緣由，只聽說是因爲爸爸媽媽犯了罪，被判刑入獄，而且要關很久。

至於是犯了什麼罪，他就不清楚了，有人說是偷竊，也有人說是吸毒，甚至連殺人的罪名都有。當然這些謠言，全都是育幼院裡年紀稍長的孩子告訴他的。

只是還來不及求證，那些多嘴的小孩就遭到老師懲處，從此沒人敢再多說一句。

但唯一可以肯定的是，他的父母確實沒有能力扶養他，也沒有親戚願意收養他，不然他也不會被安置到這兒來。

他是個沒人要的小孩，只要明白這一點就夠了。

周信宇在六歲時被現在的父母領養。

周父是醫師，周母則是銀行主管。兩人當時已有一個四歲多的女兒。

不易受孕的周母，爲了給女兒找個伴，決定與丈夫一同領養周信宇。

兩人之所以會選擇比女兒年齡大一點的男孩，主要是因爲他們認爲若能爲女兒找一個哥哥，女兒會得到更好的照應。

雖說領養動機一開始是爲了女兒，但夫婦倆對周信宇同樣視如己出。當兩人忙於工作時，經常由周信宇陪伴著妹妹，因此兄妹倆感情非常好，天天都玩在一塊。

妹妹周翰筠活潑開朗，是全家人呵護在手心的寶貝。她的性格強烈，愛恨分明，只要脾氣一來，任誰都會舉白旗投降。

即使父母的溺愛多少養成周翰筠有些驕縱的個性，但她仍舊是家裡的開心果。只要有她在的地方就會有歡笑聲。

周信宇的性格與妹妹毫無相似之處，若周翰筠是一把激情狂熱的烈火，那他就是一潭平靜無波的湖水；性情相異的兩人，在相處上非但沒有衝突，感情反而十分融洽。

只要周信宇被人欺負或是說閒話時，周翰筠就會不顧一切地跟對方理論，常常演變成最後還得靠周信宇出面安撫，才能讓她消氣。

每當全家人站在一起時，任誰都能一眼看出，周信宇並不是周家的親生孩子。

他有一張宛如混血兒般的面孔，眼珠的顏色比一般亞洲人還要來得淺，但這種外貌卻讓他從小就吃了不少苦頭。

溫和內向的周信宇，從小就不喜歡與人爭，他長得白白淨淨，身材纖瘦，這樣的外型讓他在男校念書時，除了必須面對那些看他不順眼、總愛出言挑釁他的同學之外，還得小心避免學長有意無意的言語騷擾與肢體觸碰。爲了不讓家人擔心，他選擇默默將一切隱忍下來。

從小習慣旁人冷言冷語的他，早就不再感到委屈，也不會感到心情低落。

能夠擁有一個幸福美滿的家庭，以及深愛自己的家人，周信宇就已經覺得相當知足了，實在想不出自己還有什麼好怨天尤人的。

學業成績一路表現優異的周信宇，受到父親的影響，在國中時就有了踏上習醫之路的念頭。

他想考上父親曾就讀的醫學院，並且一直爲此默默努力，但直到高一，他才首度向家人坦露這個想法。

周父與周母對他的決定感到非常高興也十分贊同，然而周翰筠的臉色卻在這時沉了下來。

「筠筠，怎麼了？妳哥哥說想和爸爸一樣當醫生，妳不高興嗎？」周母問。

「沒有不高興。」她低下頭，表情鬱悶，「只是爸爸以前讀的醫學院，不是在台北嗎？如果哥要跟爸爸讀一樣的學校，那不就表示他也要去台北念書嗎？」

「是啊，這是當然的。」周父笑了。

周翰筠抬起臉，眼裡滿是不服，「爲什麼一定要去台北？哥就在這裡讀大學不行嗎？這裡也有醫學院呀，幹麼一定要跟爸念同一所呢？」

接著她望向周信宇，急切地說：「哥，你不要去台北嘛，就在這裡念書好不好？」

周信宇還未回應，周父就先溫聲規勸女兒：「筠筠，哥哥有他自己的理想，妳應該要支持他才對，怎麼可以說出這麼任性的話呢？」

「我哪有任性？哥如果去台北，不就等於要離開我們？我們明明都在這裡，爲什麼哥一定非得跟我們分開？家人本來就該一直待在一起，不是嗎？」周翰筠越說越激動，甚至紅了眼眶，對著周信宇哭喊：「哥，你怎麼可以離開我還有爸爸媽媽？這就是你報答他們的方式嗎？」

周翰筠拋下這句話，氣沖沖地衝回自己的房裡，砰地一聲，重重地甩上門，留下周信宇與父母錯愕地面面相覷。

稍晚，周信宇去敲妹妹的房門，卻得不到她的回應。

他知道妹妹只要一生氣，對誰都翻臉不認人，哪怕是與她感情最好的自己也一樣，因此周信宇也只能等妹妹氣消了，再找她談談。

只是當時的他怎樣也想不到，自己在這一天說出的決定，竟會害了他一直以來呵護備至的妹妹。

周翰筠的反應，讓周信宇知道她打從心裡反對他去台北念書。

雖然全家人都寵著周翰筠，幾乎凡事都順著她，但畢竟這關係到周信宇的人生，因此儘管周父周母再疼女兒，也不會眞的要周信宇放棄理想，反而勸他放心，等她氣消就沒事了。

果不其然，與家人冷戰一個星期後，周翰筠總算平復心情，沒有再開口提起這件事。周信宇以為妹妹已經釋懷，也接受了他的決定，總算放下了心上的大石。

但這只是他當時一廂情願的想法。

多年後再次回想，他才發現，一切的劇變應該就是從那個時候開始的。

高中時的周信宇每天都搭公車上學，某天，一名身著別校制服的短髮少女，在下車前伸手輕輕拍了拍他的肩。

那名女孩將一封信交到他手裡，隨即害羞地匆忙下車。

由於每天都搭同一班公車，周信宇對這女孩也有點印象，但沒有仔細留意過她，兩人也不曾交談。

信封裡放著一張卡片，字跡娟秀整齊，女孩希望能與周信宇做個朋友，從信裡來看，女孩已經注意自己好一段時間。

雖然周信宇的外表常使他受到男性同學或學長的刁難，但看在同年紀的女孩眼中，卻深具吸引力；儘管他早就習慣受到異性的注目，不過收到女生的情書，這還是頭一遭。

這張卡片，當晚就被周翰筠發現了。

吃過晚飯，她到哥哥房裡聊天，瞥見有個粉紅色的信封擱在一疊書上，她馬上問：

「哥，那是什麼？」

經她一提，正在讀書的周信宇才想起今天收到卡片的事，沒有多想便順口回答：「哦，那是今早坐公車的時候，有個女生給我的。」

周翰筠忽然沉默不語，也沒有徵求周信宇的同意，就擅自打開信封，看完卡片以後，面無表情地將卡片擱在一旁。

「那個女生是誰？長得漂亮嗎？哥喜歡她嗎？」

「我們只是剛好每天搭同班公車上學，我不認識她，談不上什麼喜不喜歡。」周信宇偏著頭，在腦中回想那女孩的模樣，「不過她給人感覺挺文靜的。」

「那你要怎麼回覆她？」

「怎麼回覆……」他搔搔頭，雖然對方只說了想和他做朋友，但從那女生當時的神態來看，應該不可能只有如此。

但現在他滿腦子只想著讀書，全心為了升學目標努力，並沒有想認識異性的興致，所以就算大概猜得出那女孩的心意，也無法給予對方回應。

第一次遇上這種情況，讓周信宇不禁為明天該怎麼婉拒女孩而陷入苦惱。

「哥，明天早上我們一起出門吧。」這時周翰筠突地開口：「我陪你去等車！」

「為什麼？我的學校很遠，很早就得起床出門，妳這麼愛賴床，怎麼可能爬得起來？」

「放心，我絕對起得來，就讓我送哥上學吧！」周翰筠燦然一笑，走出房間之前還不忘回頭叮嚀：「說好嘍，明天早上一定要等我，不可以偷跑喔！」

隔日早晨，周信宇穿好制服走到客廳，發現周翰筠隨後也從房裡走了出來，不免有些驚訝，沒想到妹妹是認真的，居然一改賴床的習慣，並沒有睡過頭。

出門前，周母看到女兒拎著水壺到廚房裝開水，好奇問：「筠筠，妳不是都到學校才裝水喝的嗎？」

「因為今天比較熱，所以也許走去學校的途中會口渴呀。」周翰筠旋緊杯蓋，挽住周信宇的手開心地說：「哥，走吧！」

兩人在公車亭悠閒地聊天等車，沒多久，那位短髮女孩出現在人群當中。

一與周信宇對上視線，女孩立即漲紅了臉，羞赧地低下頭。

女孩的反應過於明顯，使周信宇頓時跟著尷尬起來，那名女孩雖然不敢直視著他，卻還是鼓足勇氣，朝他的方向慢慢走來。

察覺哥哥臉色有異，周翰筠循著他的目光朝那女孩看去，附在他耳邊悄聲問：「是走過來的那個短髮女生嗎？」

「嗯……」周信宇還在思索該怎麼回應女孩的心意時，沒想到周翰筠已經一個箭步走上前。

「哈囉。」周翰筠拿出卡片，笑盈盈問道：「這張卡片是妳寫給我哥的嗎？」

女孩嚇了一跳，還來不及反應，周翰筠就打開剛才在家裡裝好的水壺，直接朝她的臉上潑去！

其他等車的學生紛紛往這裡看了過來，周信宇更是十分震驚，連忙抓住妹妹的手臂，「筠筠，妳在幹什麼？」

「誰准妳寫卡片給我哥的？憑妳這種貨色，哪有資格跟我哥做朋友？妳以為我哥會喜歡妳？哼，妳少臭美了！」周翰筠口氣凶狠，將卡片撕得粉碎，朝女孩的臉一甩，「從今以後妳要是敢再跟我哥說話，妳就死定了！不准妳這個醜女再接近我哥，妳給我離他遠一點！」

突然被潑了一身水，又在大庭廣眾之下被人大聲斥罵，短髮女孩承受不了這種羞辱，「哇」地一聲哭了出來，雙手摀臉落荒而逃。

周翰筠扭過頭，對周信宇揚起一個燦爛的笑容，「哥，這樣她就不會再繼續纏著你了！」

周信宇看著這樣的妹妹，一句話也說不出來。

他這才知道，周翰筠之所以會突然心血來潮陪他等公車，為的就是要「教訓」那個女生。

往後，周信宇在公車上再見到女孩，別說和他說話，她連站得離周信宇近一點都不敢，女孩看著他的眼神，已經從最初的羞澀傾慕，變成憤慨輕蔑。

周信宇對女孩深感歉疚，卻沒有勇氣向對方道歉，生怕一不小心會對她造成二度傷害。

比起這點，現在更讓他耿耿於懷的，是周翰筠做出那樣殘忍的事之後，居然還可以一副什麼事都沒發生過的樣子。

周翰筠當時對他展露的那個笑容，更是讓周信宇的胸口沒來由地一陣發冷，與其說他那時的情緒是震驚，不如說根本是嚇壞了。

從此，他變得小心翼翼起來，不敢再讓周翰筠知道有哪位異性送東西給他，或企圖接近他，就怕同樣的事會再次發生。

然而自從那一日起，周翰筠幾乎每天晚上都會跑來他的房間，進門第一件事就是檢查周信宇的書包。

有次周信宇撞見周翰筠竟將他書桌的抽屜全部打開，逐一翻看，他忍不住問她爲什麼要這樣做，得到的答案卻讓他更加錯愕。

「我在看哥有沒有把別的女生送你的東西藏起來呀！」她一邊翻抽屜一邊不以爲然地說：「我才不准那些女生送東西給你呢！哥不會屬於任何人，無論是誰都不配擁有你，只有我才有資格擁有哥，哥也只要有我一個人就夠了。」語落，她撇過頭，目光緊緊地鎖在他身上，微微一笑，「哥，你有我就夠了，對不對？」

周信宇僵立在門邊，啞口無言。

他發現妹妹變得越來越奇怪。

在家裡，只要他的手機一響，周翰筠就會立刻停下自己手邊的事，朝他望過來。等周信宇講完電話，她就會質問是不是女生打來的？如果是，又爲什麼要打給他？周翰筠緊迫盯人的程度，就和懷疑丈夫偷吃的妻子沒有兩樣。

到了周信宇高二時，周翰筠脫序的行爲更是變本加厲。

她無時無刻都想掌握周信宇的行蹤，只要他漏接她一通電話，她就會大發雷霆。鬧得最嚴重的一次，是在過年期間，幾個親戚來家裡玩的時候。

周翰筠一看到周信宇與同齡的堂姊互動熱絡，相談甚歡，當場就垮下了臉。親戚才剛回去，她馬上就對周信宇大發脾氣。她不容許周信宇與別的女生過從甚密，就算是親戚，周翰筠也沒辦法接受。

對於妹妹這些有違常理的舉動，周信宇一直忍了下來，安慰自己也許妹妹只是占有欲強烈，不想和其他人分享哥哥。直到某天，周翰筠在他的房裡和他進行的一段對話，讓周信宇再也無法對妹妹這種行爲坐視不管。

「喂，哥。」她抱著周信宇的枕頭，趴在床上問：「我以後也跟你讀同一所大學，連科系也一樣，好不好？」

他從書本中抬起頭，有些意外，「妳也想考醫學系？」

「對呀，因爲哥要考，所以我也想考，這樣就能在學校見到你了！」她漾起甜笑，語調歡快，「白天和哥一起去上課，下課後去逛街，然後再跟你一起回家吃媽媽煮的菜，陪爸爸聊天，是我一直以來的夢想，也是讓我覺得最幸福的事。只可惜我在學校都看不到你，眞的好無聊……可是等我們考上同一所大學之後，這個願望就能實現了！」

周信宇停下正在寫筆記的手，納悶地看向妹妹，眉頭微蹙，「回家吃媽媽煮的菜……什麼意思？」

「哥哥眞笨，當然就是以後我跟你一起考上家裡附近的大學，這樣不就能每天一起回家，一起吃媽煮的晚餐了嗎？」周翰筠咯咯笑了出來。

周信宇當下並沒有回應，只是愣愣地聽著妹妹帶著期待的語氣，述說著她心目中不遠的將來。

翌日深夜，等周翰筠睡了，周信宇便偷偷找父母親談起這件事。

「筠筠好像一直覺得，畢業後我會留在這裡讀大學。」他放輕音量，不敢說得太大聲，就怕妹妹會冷不防出現，「筠筠昨天還對我說，以後要和我讀同一所大學，甚至同個科系……」

周父沉思片刻，緩緩開口：「筠筠會不會認爲，只要她反對，信宇你就會改變心意，決定留下來？」

「我也不知道，但我想很有可能是這樣。」他無助地望著父母，「怎麼辦？」

「信宇，你別擔心，我跟你爸會再找一天跟筠筠談談，你只要專心讀書就好了。」周母微笑。

「可是，媽，筠筠變得越來越奇怪了……」周信宇忍不住脫口而出：「她現在每天晚上都會到我房裡，把我的書包還有抽屜裡的東西全部翻過一遍，因爲她一直懷疑有女生寫信給我，也會不斷問我有沒有認識別的女生……平常我只要出門一下，沒多久筠筠就會打手機給我，光是半小時就可以連打十幾通，一旦我漏接一通，她就會大發脾氣，甚至氣到砸我房裡的東西，不管我怎麼安撫解釋都沒有用……

「所以我現在都隨身帶著手機，就怕漏接筠筠的電話。爸媽你們平常都很忙，我才沒有跟你們提起，但我真的越來越不能理解她的想法，也不曉得該怎麼辦才好。昨晚聽她說出那些話，我完全不敢有所回應，就怕筠筠會再次情緒失控……」

周父和周母面面相覷，臉色微變。

經兒子一提，他們確實也有感覺到，這一年來周翰筠的確變得特別情緒化，時常前一分鐘還哈哈大笑，下一分鐘卻板著一張臭臉不理人。

更讓他們覺得不對勁的，是女兒對待周信宇的態度，完全不像是一個正常妹妹會有的反應，反倒像是一個占有欲極強、愛吃飛醋的女朋友。

縱使兩人心中也有同樣的疑惑，周父仍是笑笑地安撫兒子，「我們知道了，我相信妹妹她不是故意的，你就讓她一點，別生她的氣，等我們和翰筠談過，應該就沒事了。你也別太過操心，專心讀書就好。」

周信宇點點頭，向父母坦白說出口後，心裡的壓力頓時減輕了不少。

週末，他出門去逛書店，過了一個小時，才返回家中。

站在門口就聽到周翰筠刺耳的尖叫聲，周信宇心中一驚，連忙衝進家裡。

只見周翰筠用力砸破了好幾個杯子，客廳的地板上滿是玻璃碎片，周父和周母則滿臉焦急地想接近女兒，卻被歇斯底里的她連連喝止，三人分站兩端相互對峙。

一看到周信宇，周翰筠馬上跑到他面前，抱著他的手臂激動地問：「哥，你不會去台北對不對？你會一直留在這裡對不對？你不會離開我對不對？」

他一時不知該如何反應，朝周母投去一記求救的眼神。

周母見狀趕緊柔聲勸慰：「筠筠乖，妳不要任性，別再爲難妳哥哥了，讓哥哥做他想做的事不是很好嗎？妳應該支持他才對呀。」

「不要，哥哥哪裡都不能去，他只能留在我身邊，我才不會讓他跑去我看不見的地方！哥是我的，誰都不能搶走他！」

「你哥有他自己的人生啊，難道以後他交女朋友、跟別人結婚，妳都要干涉嗎？」周父語氣微慍。

「哥怎麼可以跟別人結婚？哥既然跟我在一起，當然只能跟我結婚，我這輩子都不會跟他分開，我要跟哥結婚，沒有人可以拆散我們！」

此話一出，其他三人如被雷劈，臉色大變。

周翰筠的語氣及神情都十分認眞，完全不像在開玩笑。

周父終於動怒，怒喝一聲：「妳在胡說八道什麼？他是妳哥！」

「我們又沒有血緣關係，爲什麼不能結婚？我從來就不只把他當作哥哥看待，我相信哥也是，他一定跟我有相同的想法！」周翰筠眼眶泛紅，痴痴望著周信宇，「哥，你愛我對不對？你趕快告訴爸媽，說你也愛我，不然爸媽就要拆散我們兩個了，你趕快說，趕快跟他們說！」

周信宇霎時感到一陣暈眩。

他怎麼也沒想到，自己從小呵護到大的妹妹，居然一直是用這種眼光看待他的。

當晚，周信宇極力向父母親解釋，強調自己絕對沒有對周翰筠做出不該做的事，也沒說過任何不該說的話，更不曾有過那樣荒謬的念頭。

父母雖然願意相信他，卻仍是深陷於打擊之中。

周信宇想到往後不知道該如何面對妹妹，更是一陣心煩意亂，完全不知道該怎麼做才好。

更糟糕的是，事情還未找出解決方法，周翰筠甚至變本加厲，又做出一連串更加出格的舉動。

先是周信宇洗完澡回房間，赫然發現她躺在自己床上看雜誌，身上僅著一件短袖上衣和內褲，連內衣都沒穿；再來是趁他半夜睡覺時，周翰筠竟偷偷溜進他房間，鑽進他的被窩，嚇得他從床上跳起來。

無論父母如何苦勸，周翰筠始終堅持己見，最後周父只好要兒子把房門鎖起來，讓她不能再隨意進出。

周翰筠爲此怒不可抑，開始瘋狂砸東西，就連弄傷了想制止她的母親，周翰筠也毫不在乎，反而指著父母的鼻子對他們尖聲指控：「都是爸爸媽媽害的，就因爲你們同意哥去台北念書，哥才會決定離開我！全是你們的錯，我恨你們，我恨你們！假如哥眞的離開這個家，那我也不要活了，我絕對會死給你們看！」

一向寵愛女兒的周父周母，在親眼見到周翰筠種種狀若癲狂的失控舉動之後，也不得不承認女兒的精神狀態確實出了問題，爲此傷心欲絕。

周母擔心女兒做出傻事，不得已之下，只能請求周信宇畢業後繼續留在這裡升學，不要去台北讀書。

母親的眼淚令他十分不捨，比起自己的心願，眼下當然是妹妹的事最爲重要，因此周信宇決定放棄原先的目標，他相信就算不去台北，還是可以完成自己的夢想。

另一方面，周翰筠的情況並沒有因爲周信宇打消去台北的念頭，而有所好轉，她依舊整日疑神疑鬼、情緒不穩，甚至開始出現一些奇怪的幻想，每天都害怕有人從她身邊帶走周信宇；還會從學校翹課偷溜出去，跑去周信宇的學校找他。

周翰筠的精神狀態越來越不穩定，無法再繼續上學，周母最後決定辭去工作，專心在家照顧女兒。

周翰筠的眼裡容不下別人，彷彿就算失去最疼愛她的父母，她也不痛不癢。她的世界只看得見周信宇一人，她的存在，就是爲了周信宇而生。

周翰筠這樣的態度，讓周信宇幾乎就要喘不過氣來。有時他甚至還會痛苦地懷疑起自己，是不是眞的做錯了什麼，才會讓妹妹變成這樣？

學測前夕，周信宇在房裡念書，覺得口渴，走到廚房倒了一杯水，正好看見母親神情疲憊地從妹妹房間走出來。

他喚了母親一聲，想要上前關心，但母親投來的視線，卻讓他為之一愣。

「這麼晚還沒睡？」周母換了副表情，笑容輕淺，語氣溫柔，「早點休息，這樣明天才有精神考試喔。」

母親一走，周信宇仍然僵立原處不動。

剛才那一瞬間，母親望著他的眼神，竟夾雜著悲憤與懊悔。

雖然那道目光一閃即逝，但周信宇卻是真真切切地看見了。

學測結束的那一晚，周父得知周信宇打算再準備指考，提出了一個讓他驚訝萬分的建議。

「你二叔住在桃園，準備考試的這段時間，你先搬過去他那兒住，爸爸已經跟他們說明家裡的情況了。如果可以，爸爸希望在你考完試以前，先別回家。」

周父口氣無奈，面色歉然，「還有……你可以考台北的學校沒有關係，你不用擔心筠筠，如果你真的想去台北，就去吧！」

周信宇呆了呆，才說：「爸，我打算留在家裡，就算不去台北也沒有關係，這樣對筠筠比較好，而且我也已經答應媽——」

「就是爲了筠筠好，爸爸才會這麼說。」周父驀地打斷他，「信宇，你很聰明，所以爸爸相信你一定明白，只要你繼續待在筠筠身邊，她就不可能好起來。只有看不見你，她才能慢慢把注意力轉移到別的地方，雖然過程可能會很辛苦，可是我跟你媽媽不會放棄她的……只要能讓筠筠好轉，我們什麼都願意做！可是這段期間，如果你出現在她面前，那我們的努力都會白費，這樣不只你妹妹跟你媽媽痛苦，你也會很痛苦。」

他頓時覺得父親的聲音聽起來好遙遠。

「既然做出了這個決定，勢必會經歷一番陣痛期，爸爸知道你委屈了，但爲了筠筠，爲了這個家，請你諒解，好嗎？」

周父握住兒子的手，微微哽咽，「爸爸會努力盡快讓筠筠好起來，然後接你回家！」

周信宇不得不答應父親的請求。

事已至此，他無法拒絕，也沒有理由拒絕，因爲他也認同父親的想法，只有自己暫時不出現在周翰筠眼前，她才有可能痊癒。

某日清晨，在周翰筠醒來之前，周信宇已經收拾好行李，由周父載他去車站搭車。

和周父道別時，周信宇從父親眼裡看見了濃濃的不捨與心疼，父親一臉疲憊，明顯蒼老了許多，而只要一想起母親，他的內心更湧起一股深切的自責。

他始終忘不了母親當時懊悔的眼神，但他可以理解，畢竟若不是他，周翰筠也不會變成這樣，家裡的每個人也不會如此痛苦。

周信宇只能祈禱一切都會變好。

他希望下次見到妹妹的時候，她已經變回他所熟悉的筠筠；祈禱他們一家人能再重拾曾有過的幸福。

他相信父親會帶來好消息，然後接他回去。

他相信自己很快就能回家了。

開始在桃園生活後，周信宇不曾打過電話回去。

他和父親協議，若想聯絡家人，只能等他們打到叔叔家來。周信宇原來的手機號碼自離家那刻起便停用，因爲周父擔心女兒會跑去找周信宇，所以叮囑他千萬不能擅自與周翰筠聯繫。

在親戚家暫住的期間，周信宇只能每天窩在房裡讀書，日復一日等待父母的消息。

一個禮拜之後，父親終於與他聯繫，周信宇以爲妹妹的情況會有好轉，但沒想到父親的口氣仍然透著幾分低落。

原來自他離家後，周翰筠每天都在哭嚷著要去找周信宇，哥哥的不告而別，讓她徹底精神崩潰。

她從早鬧到晚，不斷哀求父母告訴她周信宇的下落，有時還會在半夜偷溜出家門，甚至在周母面前割腕，嚇得周母差點昏厥。

終日陪伴照顧精神狀態異常的女兒，讓周母身心俱疲，健康也亮起了紅燈，不得不去醫院檢查。

聽著父親敘述母親和妹妹的近況，周信宇在電話另一頭聽得心驚膽顫，心底發寒，四周彷彿被人切下靜音鍵似的，他連自己的心跳聲都聽得一清二楚。

周信宇很想見見母親，可是一想到是自己把母親害成這樣，他就提不起勇氣與母親聯絡，加上自從他搬到桃園以後，他只接過父親打來的電話，周母始終沒捎來過一通電話給他，讓周信宇更肯定母親可能真的是在生他的氣。當他忍不住將這個想法告訴父親時，父親卻直說絕對沒這回事。

後來，周信宇沒有再向父親提起這件事。

他不想讓家人在身心備受煎熬的情況下，還得花心思顧慮他的感受，因此他唯一能做的，就是照顧好自己，不讓他們擔心。

八月，大學指考成績放榜，周信宇如願考上了第一志願。

看到榜單的那一刻，他並沒有感到太多喜悅，也沒心情慶祝，只感到悵然。

明明考上夢寐以求的學校，但家裡的狀況卻讓他怎樣也無法高興起來。

周信宇從父親口中輾轉得知，這半年來周翰筠的病情已經好轉許多，不過她對周信宇仍然存有一股執念。

即便情緒不穩，周翰筠卻已經很少再出現暴力行爲，不過整個人還是脆弱得猶如輕輕一觸就會破滅的泡泡，需要隨時有人在旁照顧。

她有時會突然默默流淚，什麼話都不肯說；有時則哭得傷心欲絕，聲音都哭啞了還是哭個不停。

昔日活潑外向的陽光少女，現今竟不見一點往昔的光采和生氣。周翰筠常常待在周信宇的房間，從白天等到夜晚，再從夜晚等到天明。

雖然父母刻意隱瞞周信宇的去向，周翰筠仍在網路上查到了周信宇的榜單，她好幾次想要出門找他，但每次都會被父母攔下。

周信宇在醫學院度過了第一個學期，還是無法回家團圓過年。

大年初五，周父特地到台北探望他，同時也帶來了一個晴天霹靂的消息。

父親告訴他，到了暑假，周父就會帶著妻子與女兒離開台灣，移民到美國生活。

不過最讓周信宇震驚的，並不是他們要移民美國，而是提出想離開的人並不是周父，也不是周母，竟然是周翰筠。

「筠筠她……」周信宇簡直不敢置信，「她很恨我對不對？她是不是眞的不想再見到我？」

周父沒有直接表態，只是婉轉地回：「信宇，筠筠已經盡力了，其實她也明白她跟你之間不會有結果，可是她就是忘不了你，就怕自己有天又會忍不住跑來找你。你懂筠筠的個性，這已經是她最大的讓步了……我相信你也不希望筠筠再次受傷，對吧？我們考慮了很久，都認爲這個結果，對你們兩個而言是最好的……」

「那我呢？」還沒整理好混亂的思緒，周信宇心裡的話便脫口迸出：「爸，你們走了，那我怎麼辦？」

周父緊緊握住兒子的手，「信宇，對不起，明明之前說好會帶你回家的……是爸爸對不起你……」周父神情沉痛，「我們並沒有丟下你，你還是我們的兒子，但我跟你媽都不想看到事情變成這樣，請你原諒我們……你已經長大了，從小到大你就是個不需要別人擔心的孩子；可是筠筠不一樣，她生病了，需要爸爸媽媽用更多的關愛去照顧她。」

周信宇表情木然，愣愣地望著父親。

「我相信等筠筠成熟懂事了，也許情況就會改變了。雖然爸媽會有很長一段時間沒辦法陪在你身邊，但我們愛你的心是不會變的，更不會爲筠筠的事責怪你半分。無論如何，爸爸會回來看你，我們不會一輩子分隔兩地的，好嗎？」

周信宇怎樣也沒想到，自己日夜苦候所等到的，竟會是這樣的結果。

他就這麼被丟下來了。

家人的離去，讓周信宇不知道該如何排解心中的悲傷，只能將注意力轉往課業上。

他沒日沒夜的苦讀，沒有任何休閒娛樂，不給自己絲毫喘息的機會。

如今他能做的，就是用課業將心思塡得滿滿的，唯有這麼做，他才不會回想起自己被拋棄的痛苦回憶。

周信宇這種拚命三郎的態度，讓兩位同寢室的別系學長再也看不下去，某天晚上硬是把他拖出宿舍，帶他去大吃一頓。

當一盤熱騰騰的番茄義大利麵送上桌的那一刻，不知怎地，周信宇才終於有了飢餓的感覺，立刻拿起叉子狼吞虎嚥了起來。

「學弟，我們有一件事想問你。」學長好奇地問：「你應該沒有女朋友吧？」

「沒有。」

「那你……」另一位身材胖胖的學長刻意放輕了聲音，「是gay嗎？」

周信宇抬眸，面露不解，「不是。」

兩位學長隨即揚起笑容，興沖沖地說：「學弟，我告訴你，你眞的走運了，今天有位學校傳說中的女神也在這裡吃飯，我們可是費盡千辛萬苦才打聽到這個消息，下午馬上打電話過來訂了三個位子，就爲了見女神一面。你們醫學系的課業壓力這麼大，偶爾也該出來吃頓好的，紓解一下壓力啊，你說是不是？」

周信宇一聽，更加納悶了，「你們只有兩個人，爲什麼要訂三個人的位子……」

「哎呀，好啦，其實是另外一個人臨時沒辦法來，我們才找你一起過來的啦！」胖胖學長嘖了聲，「總之，等你見到女神以後，你一定會感謝我們帶你過來。現在，請往你的七點鐘方向，全部都是女生的那一桌看過去。」

他轉頭望去，很快就發現了學長說的那桌女生。

胖胖學長的語氣掩不住興奮，「怎樣？看到了沒？是不是很美？」

「哪個？」周信宇一頭霧水。

「當然是最靠近窗戶，面對我們的那個女生啊，她那麼有名，你竟然對她一點印象都沒有？」

周信宇搖搖頭，「我眞的不知道。」

「你這個山頂洞人未免也太誇張了，好歹你們是同科系的耶！」他們驚訝地大喊，還因爲音量過大，連那群女生都轉過頭來，向他們投以不明所以的視線。

半小時過後，她們吃飽了，起身準備離開餐廳。

當她們從周信宇他們桌前走過時，兩位學長鼓足勇氣，對走在最後一個身穿白色上衣的長髮女子揮揮手，「戴學姊，掰掰！」

她停下腳步，先是好奇地掃過他們三人一眼，嘴角隨之漾起一抹微笑。

「掰掰。」

她開口時，正好與周信宇四目交觸。

後來周信宇才知道，學長們說的這位女神，是他系上四年級的學姊，戴元妍。

回到宿舍後，兩位學長仍滔滔不絕地討論著他們心目中的女神。

周信宇卻始終無動於衷，也沒有要加入聊天的意思，洗完澡就埋首在書堆當中，將那位戴學姊的事情拋到了九霄雲外。

一個星期後，下了課，他直接前往圖書館念書，想順便查些資料。

周信宇全神貫注在書本之中，並沒有注意身邊的動靜，因此當有人忽然輕拍他的肩膀時，他全身一震，立即扭頭朝身後看去。

「請問，這是你的包包嗎？」一個長相清秀的女子指著周信宇隔壁的座位，「能不能讓給我呢？因爲其他位子都滿了……」

他趕緊拿起背包，「當然可以，我不曉得位子都坐滿了，抱歉！」

「不會，謝謝你。」女子莞爾，輕輕頷首。

她的笑容莫名讓周信宇感到有幾分熟悉。

過了五分鐘，他才想起，坐在身側的女子，就是讓寢室那幾個學長爲之瘋狂的那位戴學姊。

學姊一坐下就開始專心讀書，周信宇也繼續埋首書堆。

時間一分一秒流逝，周信宇手上的筆忽然停住了。

有個英文單字，他怎麼想都想不起來，思索半晌未果，不禁讓周信宇有些心煩，眉頭也跟著擰起。

「後面是phalic喔。」一道輕柔女聲從旁飄了過來，「全名是Brachiocephalic vein.」

周信宇驚訝地往左邊望去。

戴元妍對他溫柔一笑，親切說道：「這些拉丁文單字很折磨人吧？」

周信宇還沒反應過來，她再次開口：「你是大三生？」

「不是，我大二。」

「這樣呀。」她眨眨眼，「可以請問你叫什麼名字嗎？」

「周信宇。周全的周，信念的信，宇宙的宇。」

「周學弟，你好。我叫戴元妍，是你的同系學姊，今年大四。」她托腮微笑，「上星期我們有見過面，對吧？」

「學姊還記得？」他略感意外。

「嗯，因爲你的眼睛。」戴元妍脣角笑意不減，「你眼睛的顏色很美，讓人印象深刻。」

從以前到現在，周信宇很常聽見別人評判他的外型，也早已習慣被人品頭論足，因此無論那些話是好是壞，他已經不太在乎，也不會影響到他的心情。

可是不知道爲什麼，戴元妍的讚美卻讓他渾身一僵，不曉得該作出什麼表情及回應才好。

並不是她的話令他感到不舒服，而是從未有人用這樣真摯誠懇的語氣，親口表達對他的讚美。

不是私下討論，也不是在他面前竊竊私語，戴元妍說出這句話的時候，眼睛閃著晶亮的微光，直直地望進他眼底。

周信宇尷尬地別開視線。

被人稱讚而害羞的心情，對他來說很陌生，一時之間就連最簡單的「謝謝」都回不出口。

學姊的親切健談，讓向來不跟陌生人打交道，上大學後更習慣獨自行動的周信宇，也忍不住開始和她深聊起來，兩人一點也不像是初次交談的陌生人。

漸漸地，他們越聊越熱絡，他與戴元妍有太多課業上的話題可聊，幾乎讓周信宇忘記自己正待在需要保持安靜的圖書館裡。

周翰筠病態的占有欲，讓周信宇有很長一段時間都不敢跟異性接觸；上了大學後，無論是同學找他聯誼，或是想介紹女生給他認識，他一概都敬謝不敏。

每當面對別的女孩對他投以好奇且感興趣的眼神，他都會不自覺地想起周翰筠。

周翰筠對他懷抱的那種超乎兄妹之間的感情深深傷害了他，也深深影響了他，直到現在，周信宇心裡的傷痛依然存在，未曾消散。

那段日子帶給他的陰影，讓周信宇只要一和異性說話，就會沒來由地全身緊繃，彷彿妹妹此刻就站在身後，用妒恨的眼神瞪視著他。

雖然這種情況隨著時間一久已經逐漸改善，不過周信宇心中的陰影始終揮之不去，因此戴元妍一開始跟他說話時，他還是會莫名地緊張，不過他萬萬沒有想到，竟然能和她這麼聊得來。

天色漸暗，他們一起從圖書館離開，一走出圖書館大門，天空飄下細密雨絲，兩人先是互望一眼，接著同時露出笑容。

「和你聊天很愉快，可是好像害你沒讀到多少書，對不起喔。」

「不會，我也覺得跟學姊聊天很愉快！」語畢，他被自己不小心脫口而出的真心話嚇了一跳，趕緊補充：「我是說……學姊和我分享那些學習上的建議，對我很有幫助，謝謝妳！」

「不客氣，能幫上你的忙，我也很高興。」她輕笑，「你有帶傘嗎？」

「有。」周信宇點點頭。

「我今天沒帶傘，可以麻煩你送我到校門口旁邊的便利商店嗎？」

周信宇二話不說，立刻答應。

他的傘並不大，兩人並肩走在一起時，爲了不讓戴亢妍淋到雨，周信宇默默地將傘面朝她多移了些，並且也會時刻留意著她的腳步，適時調整傘的位置。

戴亢妍很快注意到他貼心的舉動，她的手蓋在周信宇握著傘柄的手上，往他的方向緩緩推回去，微笑地說：「這樣你會淋溼的。」

周信宇原本想回沒關係，他並不在意這點雨，但她的碰觸，卻讓那些話倏地卡在喉間。

當她的手碰觸到他的那一瞬間，就像是一縷清風從他肌膚拂過，讓周信宇微微一顫。她的手又小又冷，讓周信宇覺得好像只要張開掌心，就能輕而易舉地將戴亢妍的整隻手包覆在掌中。

他忍不住想，握住這樣柔嫩的手，不曉得會是什麼感覺？

「謝謝你，學弟，你幫了我一個大忙！」一抵達便利商店，毛毛細雨轉眼間變成了傾盆大雨。

周信宇觀察了一下雨勢，覺得短時間內這場雨應該不會停，於是轉頭問她：「妳等等要去哪裡？雨可能還會下很久，要不要我送妳過去？」

「不用不用，我要先在這裡吃飯，不會馬上離開。」

「吃飯？」

「是呀，晚餐時間到了嘛。不瞞你說，其實我很喜歡便利商店的沙茶豬肉燴飯，平常下課或是肚子餓的時候，都會跑來這裡吃這個，明知道常吃這種微波食物不太健康，可是就是忍不住嘴饞，沒辦法！」她俏皮地吐吐舌。

周信宇忍俊不住：「我也是，三餐大部分都是在便利商店解決，我們學校附近好吃的東西不多，每次不知道要吃什麼的時候，最後多半還是會繞回來這裡。」

「眞的！」發現同好，戴元妍眼睛一亮，「假如學弟你不介意，也沒其他事的話，要不要跟我一起在這裡吃晚餐？這場雨這麼大，你就算撐傘，身上的衣物還是會淋溼的。」

聽了戴元妍的提議，他幾乎又是不假思索地答應。

周信宇從沒想過自己會和她共進晚餐，而且竟然還是在便利商店裡。

嚴格說起來，兩人算是今天才認識，但相處下來卻像相識多年的好友一樣，沒有一點隔閡感。

不過，剛才戴元妍邀他一起吃晚餐時，他內心其實嚇了一跳。

因爲就在他發現自己跟學姊很有話聊，想再和她多說些話時，戴元妍就像看穿了周信宇的心思一般，早一步開口向他提出邀約。

他不曉得這樣算不算是心有靈犀，但可以確定的是，自己從未對任何異性懷有這樣的感覺。

像戴元妍這樣的女生，追求者一定多到數不清，有男友也是情理之中的事。

兩人聊開了，飯吃到一半，周信宇忍不住問：「學姊應該有男朋友吧？」

原以爲她會馬上點頭，很乾脆地承認，沒想到她卻露出一副若有所思的神情，沉默不語。

「這個嘛……」戴元妍歪了歪頭，笑得意味深長，「其實我也不知道。」

她的回答讓周信宇滿頭霧水，但他忽然驚覺自己這麼一問，也許會冒犯到她的隱私，趕緊低聲道歉：「對不起，學姊，因爲我……很少跟女生聊天，所以不太擅長跟女生相處。如果我的問題讓妳感到不舒服，我向妳道歉！」

「不會，我不會生氣喔。」戴元妍微勾唇角，「你說你不擅長跟女生相處，難道你沒有交過女朋友？」

周信宇老實地點頭承認。

「也沒有喜歡的人嗎？」

他搖搖頭。

「呵呵，我有點意外耶，你應該很有異性緣才對，該不會像這樣和女生吃飯也是第一次吧？」

「嗯。」周信宇尷尬地將目光轉向外頭的雨景。

戴元妍托著腮，靜靜望著他好一會兒。

半晌，她驀地問了句：「學弟，你身邊的人平常都是怎麼稱呼你的呢？」

「他們都直接叫我信宇。」戴元妍的問題讓他有點摸不著頭緒。

「你有沒有綽號呢？」

「高中時有同學幫我取過，但都不太好聽，都是些帶有惡作劇玩笑的綽號。」

「那我幫你取一個好嗎？」戴元妍笑臉盈盈，「就當作是紀念我們今天成爲朋友好了，今後我就叫你這個名字，可以嗎？」

周信宇還沒來得及反應，她的身子隨即向他傾近了些。

戴元妍專注凝視著他的眼睛，她清秀的五官，同時也占滿了他所有視線。

「阿清。」她緩緩吐出這兩個字，「就叫你阿清，清澈的清，這個名字會不會讓你覺得反感？」

「是不會……但爲什麼是這個名字？」他茫然問道。

「因爲你的眼睛，就像水一樣清澈乾淨。」戴元妍語氣溫柔，「今後只要想到你，我就會想起這個名字，也會想起你的眼睛。」

周信宇一動也不動地看著這張美麗的臉龐，心中好似有些什麼正在發芽。

明明是戴元妍先看著他，但他發現，自己才是無法移開視線的那個人。

她就這麼悄悄地走進他的生命。

周信宇的世界，也從那一天起，停留在屬於她的這場雨季裡。

每個禮拜，周信宇最少會和戴元妍見一次面。

初次與她共進晚餐的那一天，雖然是在便利商店用餐，毫無浪漫可言，但兩人相處間的氣氛卻十分愉快。

聊得意猶未盡，他們之後還交換了電話，相約下次見面吃飯。

儘管他們大部分都是在討論課業，或是一些日常瑣碎的芝麻小事，沒什麼親暱的互動，但兩人好幾次一塊走在校園裡的身影，還是在系上掀起了話題。

當謠言最後傳到同寢的學長耳中，周信宇只要一回到寢室，就得面對他們含恨帶怨的目光。面對眾人的八卦探問眼神，周信宇一概不予回應，因爲只有他最清楚自己與戴元妍之間的關係有多麼清白。

自從戴元妍爲他取了綽號之後，從此也眞的這麼喚他。

阿清，阿清。

這名字從她口中吐出，是那麼地好聽。

有人聽到戴元妍這樣叫他，也開始故意跟著一起叫，後來周信宇習慣之後，常常在自我介紹時不自覺地補上一句：「叫我阿清就可以了。」

其實，如果只有戴元妍這麼叫他，他可能會比較高興。

有一次，周信宇反問戴元妍是否也有綽號，只見她沉默了一會兒，搖了搖頭。

「沒有。」她嬌俏地吐吐舌，朝他一笑，「我喜歡幫別人取綽號，可是不太喜歡別人幫我取。」

日漸熟稔後，他們聊起的話題也越來越爲深入。

當戴元妍得知周信宇已經多年未見到家人，不禁好奇問起原因。

周信宇起先還很猶豫，但經過這段時間的相處，他已經徹底打從心底信任她，因此並沒有考慮太久，就決定向戴元妍坦白一切。

他慢慢訴說著自己的身世、領養他的父母，也提到了周翰筠的情況，以及後續周家移民美國的事。

戴元妍聽完，漆黑的瞳仁不見一絲憐憫，只有無盡的溫柔。

她沒有安慰或鼓勵他，只是目光深沉地注視著周信宇。

「你一定是個非常乖的小孩。」

「咦？」

「阿清你一定從小就很乖巧，什麼事都想做到最好，不會對父母鬧脾氣、耍任性，更不敢替身邊的人添麻煩，是個對自己十分嚴厲的人。」戴元妍語氣輕柔，像在喃喃自語：「你不敢讓家人失望，因爲你害怕他們『討厭』你，所以即使有心事，也不會輕易說出口；就算在外頭受了委屈，也不敢坦然說出。你習慣自己解決一切，把苦痛往肚裡吞，寧可自己難受，也不忍讓家人煩惱擔憂，對不對？」

周信宇怔住了，他拿著餐具的手就這樣懸在半空中，忘了放下。

還沒開口，周信宇的眼淚就先掉了下來。

他趕緊伸手將淚揩掉，尷尬得無法直迎那雙眼睛。

指尖的溼熱未乾，第二滴淚又接著落下，急得他抬起手背胡亂一抹，勉力定了定神，才終於止住忽然失控的眼淚。

戴元妍看出了他從未讓任何人知道的內心感受。

被丟棄的小孩，這個陰影一直以來都像個鬼魅一樣，如影隨形地跟著他。

周信宇之所以如此努力，就是不想讓自己再有「被丟棄」的一天，因此他從不敢違逆父母，不敢讓父母失望，只要他們對自己稍稍擰起眉頭，就足以讓他的世界天崩地裂。

他是如此小心翼翼，如履薄冰，沒想到家人最後還是選擇拋棄了他。

最常與周信宇聯繫的周父，仍會不定期與他互通E-MAIL，關心他的近況；周母雖然也會問候兒子，但周信宇明顯感覺得到，母親對他的情感已經跟以往不一樣了。

現在他最怕的，不是被母親丟棄，而是怕母親感到後悔。

周信宇擔心母親後悔當年領養他，才害周翰筠變成現在這副模樣；假如一開始沒有做出這個決定，那麼這些事情或許就不會發生了。

周信宇無法回家，因爲周翰筠不想再見到他。雖然周父曾向他允諾他們不會一輩子分隔兩地，可是卻再也沒有提起要接他回家。

他站在遙遠的這一頭，只覺眼前一陣迷茫，怎樣也看不清另一頭。

他看不見回家的路。

左手突然傳來一股柔軟的觸感，周信宇猛然回神，渾然不覺自己握緊了拳頭。

戴元妍握著他的手好一會兒，周信宇這次清楚感覺到那雙手的溫度，已不如之前冰冷，反而十分溫暖。

「阿清。」她緩緩道：「你和我一樣喔。」

周信宇當下並不明白這句話的意思。

但從那一刻開始，被那一雙含笑眼眸望進眼底的同時，他的心彷彿被打開了，有什麼東西被悄悄釋放了出來。

他開始期待見到戴元妍的日子。

和她碰面的前一晚，喜悅漲滿了周信宇的胸臆，讓他連腳下的步伐也輕快了起來。

在那之前，周信宇從不曉得，當有了期待的事以及想見到的人之後，眼前的世界會變得如此不一樣。

自從有了戴元妍之後，他的世界從此煥然一新，他無時無刻不期盼著天明的到來。

他們會在下課後，一起到便利商店吃沙茶豬肉燴飯，或者去圖書館讀書。

戴元妍搬出學校宿舍，租了一間小套房，偶爾也會邀請周信宇到家裡玩。

乍看之下，兩人經常膩在一塊，但實際上，周信宇只有在白天的時候才會見到她，每到了晚上，就怎麼也聯繫不上戴元妍。

只要是在晚上打去的電話或傳過去的訊息，戴元妍都不會接聽，也不會讀，總要到隔天早上才會回覆。

但周信宇從不過問原因，後來也不會在晚上時聯繫她，就怕她覺得困擾，再說他也不認爲這是他可以干涉的事。

只是，每當周信宇從宿舍窗口望向漆黑的天空時，總會忍不住心想，在這樣的深夜時分，戴元妍人在哪裡？又在做些什麼？

其實在周信宇心中，早就已經有了答案。

他知道戴元妍心裡始終住著一個人。

認識她一年多以來，他多少觀察出了一些蛛絲馬跡。

儘管他和戴元妍感情不錯，但對於她的私事，他仍所知不多，不過周信宇曾經聽她提起過，她是爲了某個人，才會來到台北。

她找了那個人很久很久，直到去年才在這座城市與他重逢。除此之外，戴元妍就不願再透露細節，因此周信宇並不曉得那個人是誰。

即使沒有相關線索，但周信宇當下心裡即有股直覺，他幾乎可以肯定戴元妍所說的那個人，其實就是她的心上人，而且他們之間的關係可能還有些複雜。

否則當初周信宇問她是否有男友時，她也不會回答「其實我也不知道」這種奇怪的答案了。

他很好奇，能夠讓戴元妍追尋這麼久、愛了這麼久的人，究竟是個怎樣的人？

每逢夜幕低垂時，戴元妍是不是正和那個男人在一起？

一想到這裡，周信宇的心便不可抑制地緩緩往下沉。

這個時候，他就會強迫自己專心研讀起厚重的原文書，藉此平息因爲黑夜來臨而難以平復的心緒。

他們分手了。

來到台北的第五年，與那個男人重逢兩年之後，戴元妍和那個人結束了。

周信宇半夜接到她打來的電話，顧不得時間已晚，匆匆抓了把傘就奪門而出。

那一夜，整個世界的雨像是全匯集到這個城市一樣，每一滴都重重地從天空墜落而下，雨珠急速撞擊地面的碎裂聲，使地面也跟著爲之震動。

來到戴元妍住的大樓前，周信宇一眼就看見了她。

她獨自坐在大樓門口的階梯上，渾身溼透，動也不動。

周信宇衝上前爲她撐傘，她慢慢抬起頭，睜著空洞的雙眼望著他。

戴元妍朝他張開雙臂。

周信宇像是對待一件美麗易碎的瓷器，小心翼翼地拉起她。

她立刻緊緊抱住周信宇，將臉埋進他的懷裡嚎啕大哭。

他不曾見她哭泣過，更不曾聽過那樣淒厲的哭聲。

兩人緊貼著彼此，當戴元妍哭著顫抖時，他也同樣感受到了那份強烈的哀傷。

戴元妍每抽噎一聲，他的心臟就跟著抽痛一次，難受得無法喘息。

雖然戴元妍並沒有親口告訴他自己已經與那個人分手，但見她這副模樣，周信宇有一種強烈的預感，戴元妍和那個人，已經無法再走下去了。

因此周信宇什麼都不問，只是靜靜地待在她身邊，寸步不離。

只要戴元妍能夠讓自己陪著他，就算她什麼都不讓他知道，也沒有關係。

未曾停歇的淅瀝雨聲從窗外傳進屋裡，兩人安靜地躺在床上。

沒有開燈的房間伸手不見五指，偶有閃爍的閃電照亮夜空，才會映出兩人的影子。

他們沒有什麼親密舉動，只是將手靠在一起，互相觸碰著對方的小指，並沒有牽手。

周信宇其實很想握住她的手。很想很想。

「阿清，我問你喔。」

哭過以後，戴元妍的情緒逐漸平緩，「下雨的時候，你會希望有個人能爲你撐傘？還是陪你一起淋雨？」

轟然雷聲響起，周信宇不禁往身側望去。

一道白光正好照亮戴元妍的臉龐，他還來不及捕捉她的表情，閃電隨即消逝，他的視線也隨之暗下。

周信宇認眞思考一會兒，緩緩答：「我想……是有人能爲我撐傘吧？」

「爲什麼？」

他頓了頓，低語：「因爲我覺得，這種感覺就像是……有個人正在等我，並且也惦記著我。」

語落，周信宇再次往戴元妍看去，明明看不清楚她的臉，卻仍定定地望向她，「那學姊呢？」

「我呀……」她的語氣飄忽，「以前的我，一直很希望有個人願意在這樣的大雨天裡爲我擋雨，可是現在，我比較希望有人能陪我一起淋雨。」

「爲什麼？」

她淡淡回：「因爲這樣，我才覺得自己並不孤單，不是只有我一個人還留在原地。」

周信宇不是很能理解這句話的意思，也不解她爲何會這麼問他。

但他從未想過，像戴元妍這樣擁有一切的人，內心竟然如此孤單。

他們就這麼躺在彼此身邊，直至天色透亮。

過去因為怕戴元妍會覺得困擾，所以周信宇從不敢在晚上主動聯繫她。但是現在，他不捨她獨自面對這段情傷。隔天晚上，周信宇就打破這個禁忌，撥了電話給她，沒想到戴元妍很快就接聽，甚至同意和他在今晚碰面，讓周信宇相當驚喜。

從那天起，只要上完課，周信宇就會先送戴元妍回家。

儘管醫學系課業繁重，每天都忙得翻天覆地，他也不曾在戴元妍的生活裡缺席過一天。

周信宇天天陪伴著她、關心她，只要戴元妍需要他，他就會立刻出現；無論她想要什麼，他都會不顧一切地滿足她。

他一點都不覺得辛苦，因為那是他很早以前就想為她做的事。

周信宇相信自己的付出，戴元妍都看在眼裡，並且她總有一天會明白，自己只願意為她一個人做出這些事。

一個月後的晚上九點，周信宇打了通電話給她。

那天是聖誕夜，他在學校忙到很晚才回家，想跟戴元妍說聲聖誕快樂，她告訴周信宇自己人正在外面。

周信宇匆匆趕去找她，看見戴元妍從一間甜點店走出來。

她提著一盒包裝精美的聖誕蛋糕，說要去找朋友。

周信宇不用問，就已經知道那個朋友是什麼人了。

「他今天比較早下班。」戴元妍神態自若，「他喜歡吃甜食，所以我想帶個蛋糕去看他。」

周信宇並不想從她口中聽到有關那男人的任何事情，卻又吐不出半句話，只覺得一顆心不斷往下墜，連呼吸都有些困難。

無論自己怎麼做，戴元妍依然看不見他。

無論他做得再多，戴元妍的目光始終不曾停留在他的身上。

他傾盡一切，付出所有，終究還是無法讓她的心轉向他……

「妳和他……」周信宇喉嚨乾澀，吃力地開口：「復合了？」

戴元妍搖搖頭。

他疑惑地皺眉，「可是妳……」

「我今天，」戴元妍望進他的眼底，「是去做結束的。」

還沒從這句話回神，她清秀的面容便離周信宇近了一些。

她的清香飄入鼻腔，戴元妍隨後在他脣上輕輕印下一吻。

「等我，阿清。」她凝睇著他，「我很快就會回來的。」

直至戴元妍完全消失在他的視線之後，周信宇還是愣愣地站在原地。

他坐在甜點店門口的長椅上，看著來來去去的路人，周遭喧囂的嘈雜車聲，使周信宇怎樣也無法平靜下來。

才過了短短一分鐘，對周信宇來說卻像過了一個小時般漫長。他不禁開始懷疑，時間究竟是不是靜止了？

等待的時刻令周信宇焦慮不安，一顆心七上八下，像站在一條幽暗看不清前方的路上，心情茫然無助。

「爸爸會努力盡快讓筠筠好起來，然後接你回家！」

周信宇將臉埋進手心。

他不知爲何會在這個時候，想起父親曾對自己許下的承諾。

一個始終沒有兌現的承諾。

「等我，阿清。我很快就會回來的。」

戴元妍眞的會回來嗎？

面對她愛了那麼深、那麼久的男人，她眞的捨得離開？捨得結束一切？

現在的戴元妍，會不會已經重回那個男人的懷抱，忘記了自己的存在？會不會早已經忘記她許下的承諾，和那個人重新開始？

戴元妍會拋棄他嗎？

會像父親一樣，親口答應他會回來，卻讓他始終等不到人嗎？

她也會將他遺忘嗎？

無數個疑問像一陣迷霧，團團籠罩周信宇，使他望不見前方。時間多向前走一秒，周信宇心底的恐懼就多一分。

周信宇雙手冰冷，渾身發顫，連面色都顯得有些蒼白。

他從沒有像這樣如此害怕過。

還在胡思亂想之際，一道清亮的呼喚聲竄進了他耳裡。

周信宇一愣，循聲望去，一個嬌小身影正穿過人群，朝他快步奔來。

「阿清！」戴元妍揮舞著手，雙頰紅潤。

她的笑容如豔陽般絢爛，不見一絲陰霾。

就在他幾乎認定戴元妍不會回來，以爲自己即將失去她時，戴元妍卻在下一秒現身。

周信宇腦袋一片空白，沒等她跑來，就迅速朝她奔去，一把將戴元妍拉進懷裡。
他覺得自己彷彿飄流在不見邊際的汪洋中，就要滅頂之前，他終於看見救命的浮木。
戴元妍身軀的柔軟觸感和清甜香氣，使周信宇確定這並不是夢境或幻覺。
他難掩激動，再也止不住雙眼的溼熱，眼前一片模糊，周信宇什麼也看不清了。
此刻，周信宇終於察覺到一件事。
他的世界，再也容不下除了戴元妍以外的人。

那一年的聖誕夜，下起了綿綿細雨。
周信宇踏進戴元妍的房間不久，一顆又一顆晶瑩的雨珠，隨即落在玻璃窗上。
就在他脫掉最後一件上衣時，戴元妍問：「你是第一次做？」
他頓了頓，點點頭。
「會緊張嗎？」
周信宇忍不住困窘地埋怨：「學姊，妳能不能別用這種打趣的臉問我？」
戴元妍噗哧一笑，表情淘氣，「對不起嘛，因爲阿清太可愛了，忍不住就想逗你一下！」

她湊近周信宇，俯身吻住他的前一秒，在他耳邊溫聲低語：「別擔心，我相信你會做得很好的。」

他們愛撫彼此，在一次又一次熾熱綿密的深吻之中，盡情探索對方的一切。

周信宇的吻從戴元妍的唇、胸，慢慢移至下腹。

最後，他將她的雙腿輕輕打開。

眼前所見，卻讓周信宇整個人瞬間呼吸一滯。

臥室僅留著一盞暈黃的微弱夜燈，然而這樣薄弱的光源，仍讓周信宇清楚看見戴元妍兩腿內側的肌膚上，有著數道長短不一的淡淡疤痕。

「嚇到了？」戴元妍溫柔開口。

周信宇呆了半晌才出聲：「這是……怎麼回事？學姊，爲什麼會這樣？」

戴元妍從床上坐起，從容對上他映滿驚訝的眼神，淡然地回：「那是我自己劃上去的。」

她向周信宇述說起自己的故事。

戴元妍告訴他，她十歲的時候遭到姑丈強暴，從那之後，她就會忍不住用刀片自殘，因爲不想被別人發現傷痕，所以才會選擇割在大腿內側。

她這樣的行爲持續了好幾年，直到來了台北，才終於停止。

周信宇聽得目瞪口呆，難以置信，「那……後來呢？我是說學姊的姑丈，有沒有受到法律的制裁？做了這種事，不可能讓他逍遙法外吧？」

「後來我姑丈因爲犯罪，入監服刑八年，某種程度來說，也算是受到制裁了吧。等他出獄，我正好高中畢業，離開了家鄉，那時他也跟我姑姑離婚，從此我再也沒有見過他，但前幾年聽家裡的人說，他似乎過得挺悽慘潦倒的，連小孩都不想認他呢。」

蕩漾在她嘴角的淺淺笑意，讓周信宇覺得她彷彿述說的是別人的故事，連口氣都如此雲淡風輕。

「當年姑丈對我做的事，我沒有告訴任何人。所以在這個世界上，除了阿清以外，沒有第二個人知道喔。」

周信宇不禁一陣怔愣。

有個他極度想知道答案的疑問浮上心頭。

「那個人……」他吞嚥口水，潤了潤乾澀的喉嚨，「那個妳追尋著他來到台北的男人，也不知道這件事？」

關於那個男人，周信宇只知道他和戴元妍兩人從小一起長大，是一對青梅竹馬，其他的他就一無所知了。

戴元妍過去遭遇了這麼可怕的事，爲何卻不曾向身邊的人求救？

「我沒有告訴他。」她眸光平靜，「我今晚原本打算和他說的，但後來還是作罷。」

「爲什麼？」他沒注意到她這句話的怪異，迅速回問。

戴元妍微微一笑，目光落向遠方，聲音幾不可聞，彷彿像是說給自己聽一樣，「我再告訴他這件事的話……他可能會先親手殺了我，最後再自殺吧。」

周信宇沒有再出聲。

戴元妍嘴角上揚，「我把你嚇壞了，對吧？要是阿清你覺得心底不舒服，認爲我很髒、心裡有疙瘩，我也不會怪你的。」

「這又不是學姊的錯！」周信宇激動地脫口而出。

她的笑容使他心痛，也對戴元妍認爲他會這麼想而感到難過。

「不管妳以前曾經發生過什麼事，我還是喜歡妳，也想跟妳在一起。如果那個男人沒辦法守護妳，那就讓我給妳幸福，由我守護學姊！」

戴元妍深深凝睇著他，握住他的手，與周信宇額貼著額。

「你愛我嗎？阿清。」

周信宇喉嚨一哽，毫不猶豫地回：「我愛妳。」

「那麼……」她眨眨眼，「你現在想對我做什麼？」

周信宇與她對視，啞著嗓子低喊：「我想跟妳做愛！」

語落，戴元妍映著笑意的眸裡，慢慢浮現一抹淚光。

周信宇擁抱戴元妍時，像是捧著一個易碎品似的，每個動作都小心翼翼，不忍讓她纖細柔軟的身軀受到一點疼痛。

他想將她所有的傷痛包覆在自己的雙臂之間，給她溫暖，爲她擋風遮雨。

爲了守護戴元妍，他想變得更爲強大，變成一個可以保護著她的人。

兩人激情之際，周信宇看見戴元妍背上的刺青。

那是一雙雪白色的羽翼，當她弓起背，隨著周信宇的律動全身顫動時，那雙翅膀在微光的閃動之中，就像眞的要展翅飛翔一樣，美得令他難以移開目光。

「我愛你。」

黎明來臨前，周信宇聽見戴元妍在他耳邊喃喃低語。

溫熱的淚水沿著他的臉頰無聲滑落。

這是周信宇第一次，清楚看見了「幸福」的模樣。

從那一天起，只要學校沒有課，周信宇就會去到戴元妍的家裡。

無論白天黑夜，兩人一碰面，往往就會在床上擁抱彼此，激情纏綿。

周信宇只想一直陪伴在戴元妍身邊，永遠不與她分離。

他竭盡所能地滿足戴元妍，周信宇想讓她知道，他是如此瘋狂地愛戀著她，比世上的任何一個人都珍惜她。

每次歡愛過後，周信宇偶爾會在意識昏沉之際，看見戴元妍坐在床邊，用一雙深邃的雙眼凝視著自己。

她那如白瓷般光潔的肌膚、背上的雪色羽翼，以及襯托出她白皙臉蛋的烏黑長髮，都讓周信宇捨不得闔眼。

幸福來臨時，他無法不感到害怕，就怕下次睜開眼，會發現這一切只是一場夢。

「學姊，妳好美。」周信宇痴痴望著她，情不自禁地讚嘆：「好像天使一樣。」

泛黃燈光下，戴元妍的雙瞳如寶石般晶瑩透亮，「眞的？」

他頷首，忍不住輕喚了聲：「學姊。」

「嗯？」

「妳……」周信宇啞著聲問：「愛我嗎？」

戴元妍像隻貓咪般輕巧地爬回他身邊，給了他一個深深的吻。

「我愛你。」她低語：「很愛很愛喔。」

周信宇後來發現，每次他擁抱戴元妍之前，她都會很專注地凝睇著他的眼睛。那種眼神，像是想在他的瞳仁中觀察出什麼，同時又像是在尋找著什麼。

戴元妍總是喜歡用手指細細撫摸他的眼周，靜靜地在那雙眸裡尋覓。

戴元妍說過，她最喜歡他的眼睛。

她喜歡透過周信宇眼中的倒影，看著自己的模樣，因爲她認爲，唯有透過這雙乾淨清澈的眼眸中所看見的自己，才是純潔無瑕的。

周信宇想告訴她，只要戴元妍想要，他願意隨時將這雙眼眸奉上給她。

只要有了她，他就不可能再凝視著誰，因此他渴求戴元妍能夠明白他的眞心，渴求她能夠愛他，乞求他能成爲她的幸福。

擁有戴元妍的這段日子，就是他美夢成眞的時刻。

是周信宇有生以來最幸福的一段日子。

他永遠忘不了，那時的他，過得有多麼幸福。

周信宇升上大四後，變得更加忙碌。

龐大的課業壓力帶來的疲勞，常讓他一倒在床上就昏睡不醒。

每次疲憊不堪的時候，他就會瘋狂地想見上戴元妍一面，想聽聽她的聲音、渴望她的細吻……

只是這時候他所思念的人，並不在台北。

兩個月前，戴元妍告訴他，由於她的身體出了些狀況，她決定暫時休學，等情況穩定後再回到學校。不過她大部分時間還是會待在台北，只是一個月裡偶有幾天會回到故鄉小住一陣，由家人照顧。

周信宇剛開始十分緊張，擔心她是不是生了什麼病，戴元妍卻笑咪咪地要他別擔心，告訴他自己並無大礙，只是她從小就犯的眩暈症。近兩年來，她發現自己發病次數日益增加，才會決定先休學一年，好好養病。

這一天，正好是她這個月返回家鄉的第三天。

雖然兩人的感情依然親密，不過周信宇內心深處始終懸著一個疑問，每當見不到戴元妍的時候，那個疑問便會浮上心頭。

戴元妍以前還和那個男人在一起時，周信宇都無法在晚上找到她。和她在一起一年後，周信宇發現，這種情況似乎又頻繁地出現了。不管戴元妍人是否在台北，一星期內總有兩天會讓周信宇找不到人，而且總是在夜深時刻就斷了音訊，與當時的狀況完全一模一樣。

周信宇問過戴元妍，她回答是因爲吃了藥的緣故，早早就上床歇息了。明明全心信任著她，可是爲什麼盤旋在心中的不安，就是無法消散？

直到現在，周信宇仍不敢百分之百確定，戴元妍已經對舊情人完全忘懷。他並不想懷疑她，但就是無法抑止自己胡思亂想，無法不把戴元妍失聯的那一晚和男人牽扯上關係。

尤其是在這樣下著雨的夜裡。

「我好想妳。」

身著筆挺西裝的男人一見到戴元妍，就將她攬進懷裡，不顧旁人目光，在她的雙脣落下一吻。

周信宇震驚地目送男人帶著戴元妍離去。

一個再次聯繫不上戴元妍的夜晚，周信宇來到她的住處，正好撞見她提著包包出門，坐上計程車離去。

他一路尾隨她，發現車子停在一間五星級飯店門口，而那名陌生男人就站在門口等候戴元妍。

周信宇遲遲無法從打擊中回神，覺得整個人輕飄飄地，好似靈魂被掏空一樣。起初他以爲那個男人就是戴元妍的前男友，然而經過幾日連續觀察，他卻發現眞相並非如此。

戴元妍交往的對象，不是只有那個男人。

在那之後，周信宇曾經親眼目睹戴元妍分別與三名男子在深夜私會，而且地點不是在高級飯店，就是在一般旅社。

周信宇不願承認這個事實。

他實在不敢相信，那個曾口口聲聲說愛他的女人，居然向其他男人投懷送抱！

沉默隱忍了一個多月之後，周信宇失控的情緒終於爆發。

某夜，周信宇直接衝到她家，逮住就要坐上轎車的戴元妍，將她拖回屋內。

周信宇拽著她，將她摔在床上，用力扯開戴元妍的衣服，粗暴地進入她的身體。

沒有了昔日的憐香惜玉，周信宇毫不留情地揉捏著戴元妍的身軀，在她雪白的胴體上烙下一道道紫紅色的瘀青。

「妳不是說妳愛我嗎？」周信宇大吼，淚水潰堤，「是我給的不夠嗎？我把一切都奉獻給妳，這樣還是不夠嗎？因爲是妳，我才什麼都可以不要，連家人我也願意放棄，爲什麼妳還是不滿足？我不會逼妳一定要忘記那個男人，可是妳爲什麼要這麼對我，爲什麼要這樣對妳自己？我在妳心裡到底算什麼？難道妳之前說愛我都是騙人的？這就是妳想要的生活？只有這麼做妳才覺得不寂寞嗎？」

面對周信宇的淚水及咆哮，戴元妍仍然無動於衷，任憑他用殘暴的方式對待自己，絲毫不加以反抗，但她的目光，卻始終不曾從他眼中移開。

「我愛你。」戴元妍輕喃，眼神明明是在看著他，卻又像是看著另一個人，「我一直一直都很愛阿清，是眞的喔。」

周信宇停下動作。

戴元妍的回答，以及那雙晶亮眼中的光芒，讓他頓時神思恍然。

她不愛他。

她從來就沒有愛過他。

就在這瞬間，周信宇徹底醒悟了。

就算他把全世界都給她，她也不會愛他。

她愛的，始終是他眼裡所看見的，一個宛如天使般純潔美麗的自己。
可惜，能讓她回到那個時候的人，永遠不會是他。
哪怕他是這世上最愛戴元妍的人，他終究還是無法取代那個人的位置……

「哥，你有我就夠了，對不對？」

周信宇哭了。
在戴元妍的懷裡，他最後像個孩子般，嚎啕痛哭了起來。

六月六日，是周信宇的生日。
與家人分離後，他就再也沒有慶祝過自己的生日。
今年，戴元妍特地爲他準備了一個精緻的生日蛋糕。
在她的家中，戴元妍爲他點上蠟燭，爲他唱了生日快樂歌，爲他綻放甜美的笑容和動人的歌聲。
但周信宇並不確定，這樣的幸福光景，在今夜過後，是否還有機會再看見？
唯一能肯定的是，無論將來他在哪裡，變成怎樣的人，都不可能會忘記他和戴元妍的一切，以及這個夜晚。

這一天，周信宇並沒有擁抱她。

在來找她之前，他就已經先知會戴元妍今晚會回去趕報告，因此不會留宿。

「不要太累了喔。」十一點，戴元妍送他到門口，溫聲叮嚀：「阿清，你明天下課後再跟我聯絡，我們一起吃晚飯好嗎？」

周信宇聞言，先是回眸靜靜望著她，接著捧住戴元妍的臉，輕輕吻上她的脣。

兩人吻得難分難捨，直至彼此都喘不過氣來，周信宇才慢慢鬆手。

「學姊。」他看著她的眼，低語：「我們就到這裡了，好嗎？」

戴元妍面無表情，毫無反應。

周信宇用指腹細細撫過她的臉頰，「我知道離開那個男人，讓妳很痛苦。我很心疼妳，曾經我以爲可以用我的愛，撫平妳的傷痛，但無論我再怎麼努力，就是做不到。其實，我沒有那麼堅強，無法這樣看著妳，還告訴自己不要在乎那些事。我眞的很想原諒妳，我已經用盡全力，很努力的試過了，只是現在的我眞的做不到，在每個深夜裡，我反覆思索，實在想不透我跟妳的這一切，究竟是爲了什麼？」

他忍住哽咽，話聲沙啞：「我不相信什麼生日願望，也從不相信在這一天許願，願望就會實現，可是現在我卻希望這是眞的，我願意把往後的生日願望全部給妳，因爲妳是第一個讓我感到幸福的人，也是第一個讓我覺得活著是有意義的人。我希望妳能幸福，這就是我的願望。」

戴元妍深邃的眼眸一瞬也不眨地望著周信宇。

他頓了頓，繼續說下去：「以後我不在妳身邊，妳要照顧好自己。我不後悔認識妳，也不後悔愛上妳，只要妳未來能夠永遠幸福快樂，就算現在必須離開妳，我也不會有半點遺憾。」

周信宇深深吸了一口氣，「再見，學姊。」

他掉頭離去，直到步出大樓，都沒有勇氣再回頭看她一眼。

徹底從戴元妍的世界退出後，並沒有讓他變得比較好過。

周信宇將所有心力放在課業上，最忙的時候，一天只睡三、四個小時。

他刻意將自己弄得疲累不堪，好讓自己沒有多餘的時間分神。

唯有如此，他才能不去想戴元妍。

唯有如此，他才能抵禦在深夜裡排山倒海襲來的強烈痛楚……

半年就這麼過去了。

大五的聖誕夜，周信宇被同學抓去狂歡到深夜。

他在凌晨時分拖著一身酒氣，迷迷茫茫回到家中，一倒上床就昏睡得不省人事。

半夜兩點，一陣刺耳的手機鈴聲擾醒了他。

班上同學打給他，劈頭就告訴他一個震撼的消息。

戴元妍自殺了。

午夜十二時，戴元妍從自家陽台一躍而下，經過搶救後仍然回天乏術。

戴元妍的爺爺過去是一名立法委員，父母親又皆是學術界知名的教授，因此消息一出，立刻登上隔日各大新聞版面，成為社會版頭條。

媒體的大肆報導及渲染，讓戴元妍自殺一事在她所就讀的大學引起一股軒然大波，而曾和戴元妍交往過的周信宇，也自然成了全校學生議論的對象。

事情爆發的那幾日，周信宇足不出戶，在家裡一遍又一遍讀著所有與戴元妍相關的新聞消息。

當他讀到其中一則較爲詳細深入的報導時，很長一段時間都無法回神。

戴元妍的一名親人透露，過去這兩年，她因爲重度憂鬱症而暫時休學。當時因爲病情控制良好，加上家人定期關心追蹤，一直認爲沒什麼大問題，想不到最終還是發生憾事。

讀完報導，周信宇眼前一陣暈眩，差點不能呼吸。

戴元妍罹患的並不是什麼眩暈症，而是重度憂鬱症！

她爲什麼騙他？爲什麼連這種事，她都不願對他說實話？

她究竟還隱瞞了他多少事？

周信宇思緒亂成一團，六神無主，覺得自己就要崩潰瓦解。

他要怎麼接受戴元妍已經不在的事實？

好不容易才稍稍結痂的傷口，如今又再次被狠狠撕裂，在周信宇心上留下再也無法癒合的傷疤。

他不曉得該怎麼面對往後的日子。

禁不起這個巨大的打擊，周信宇好幾次從課堂上奪門而出，跑去廁所，癱軟在馬桶旁不停嘔吐。

他開始每晚失眠，等到好不容易入睡，卻又惡夢連連。

除此之外，周信宇也出現食欲不振、精神壓力過於緊張等症狀。

戴元妍的死，加上身邊同學異樣的目光及謠言，讓他覺得自己彷彿活在煉獄之中痛苦不堪，卻不知道能向誰訴說，不知道有誰能救得了他？

終於，三個月之後，周信宇身心俱疲，再也承受不住龐大的壓力，遠遠地逃走了。

周信宇消失了。

他和所有朋友一夕之間斷了聯繫，沒有人知道他去了哪裡。

他原有的那個世界，隨著戴元妍的離開，同時也跟著劃上休止符。

一陣陣雷聲響起。

周信宇回過神來，往窗口望去，雨還在淅瀝瀝地下著，他仍維持著相同的姿勢，坐在床上不動。

時間過去多久了呢？

神思恍惚之際，他覺得自己彷彿又作了一次同樣的夢。

當年周信宇逃離學校，躲避這個世界，把自己藏了起來，轉眼間，三年光陰就這麼過去了。

周信宇放逐自己，不讓任何人找到他，不再與任何人聯絡，甚至拋棄了自己原有的夢想。

他早已不願回想，自己究竟放棄、失去了多少東西？

三年來，他走遍這個城市的許多角落，做過無數工作，舉凡便利商店店員、家教、飯店門僮……畢竟周信宇孤身一人，要養活自己並非什麼難事。

只是說也奇怪，褪去醫學系高材生的光環之後，這種不被誰期待、不被誰依賴，甚至不被誰想起的日子，居然是周信宇覺得最自由自在，也最平靜舒服的一段時光。

如果不是許宥葦突然出現在他家門口；如果不是因爲她失戀，做出種種莫名其妙的荒唐傻事；如果不是因爲她的行爲，讓他不由自主想起戴元妍，那麼現在的他，或許就不會再次經歷這樣的心情，那段回憶也不會如此清晰如昨。

「帽T男……你在哭嗎？」

他誤以爲許宥葦要自殺的那晚，慌慌張張地衝到河堤，見她平安無事，才總算放下心中大石。

然後，周信宇又想起了戴元妍。

想起她曾在這樣的雨天裡，親口問過他的那些話。

如今回想起來，他並不知道自己當時爲何會脫口對許宥葦問出同樣的問題。

然而許宥葦的回答，卻讓周信宇冰封多年的心，毫無預警地逐漸消融。

「下雨的時候……妳會希望有人在身邊替妳撐傘嗎？」

「當然希望呀。可是老實說，比起有人替我撐傘，我更希望有人陪我一起淋雨，這樣才不孤單嘛，嘿嘿！」

許宥葦的回答，讓他藏在內心深處的眼淚，瞬間從眼角滾落。

他終於懂了。

比起有人來拯救自己，戴元妍更希望的，是有人能跟她留在同樣的世界，陪她一起沉淪在深不見底的黑暗裡。

如此，她才不覺得自己是孤獨的一個人。

而他就是戴元妍找到的人，願意陪她一起淋雨，一起活在黑暗之中的那個人。

「阿清，你跟我一樣喔。」

周信宇一直很想問她，爲什麼她終究還是無法得到幸福？

爲什麼她決定就這樣離開？這是她最想要的結果嗎？

他想親口問她的問題明明還有那麼多，但這些答案，他卻再也無法聽見了。

思緒仍然深陷在回憶當中，周信宇隱約聽見一陣震動聲響，他視線一動，是放在書桌上的手機在響。

他走下床，來到書桌前一看，手機正好停止震動，螢幕上顯示收到一通語音留言訊息。

「喂，帽T男！」一開啟留言，許宥葦著急的聲音就從另一頭傳來：「你一定要做得這麼絕嗎？我會吃掉你嗎？爲什麼就是不肯接我的電話？讓別人這樣替你擔心很好玩嗎？」

她氣呼呼地越說越激動，最後甚至語帶哽咽，「如果你眞的那麼生氣，那麼討厭我，那至少讓我知道你平安無事嘛，從今以後我就不會再騷擾你，也不會再打給你了……只要讓我看到你的臉，聽見你的聲音，確定你還活得好好的，我就馬上滾到一邊去！我許宥葦說到做到，絕不黃牛！現在，我限你在一個小時之內，到你打工的小吃店來，我就在這裡等你，等到你來爲止。如果你再不出現的話，我……我就打電話報警，叫警察破門而入，到時候你可別怪我，臭帽T男！」

許宥葦喊出最後四個字時，已經帶著明顯的哭音。

聽完留言，周信宇完全不明所以。

這是怎麼回事？

他正想回撥，手機卻在下一秒自動關機，沒電了。

偏偏周信宇一時想不起把充電器收到哪裡去了，找了一會兒未果，索性拋下手機，走出家門，跨上腳踏車往小吃店騎去。

連下了好幾日的雨，在周信宇出門沒多久後，雨勢逐漸轉小。

等到一道久違的陽光光芒灑落在前方的街道上，慢慢照出這座城市建築物的影子，他這才發現，遠方天空居然已經開始放晴，天邊高掛著一輪絢爛彩虹。

頭頂上的烏雲漸漸消散，天空也一掃晦暗，隨之透亮。

周信宇騎著騎著，不知爲何鼻頭忽然湧上一股酸意，眼眶也跟著溼潤起來。

即使自我放逐了這麼久，即使移民國外的父親已經有一年沒和他聯絡，即使已被過去身邊的朋友遺忘，但此時此刻，他卻不覺得自己是寂寞的。

因爲周信宇發現，還有一個人在等他。

在這個城市裡，還有一個人，並沒有忘記他。

就算這場雨暫時無法停歇，卻有人會和他一起看見下一個太陽。
當知道世上還有人在惦記著他，並且願意爲他撐傘、爲他遮雨，周信宇心中的悲傷，似乎也不再那麼強烈了。
一陣涼風拂來，輕輕吹起周信宇的髮絲，也吹落了他頭上長年戴著的帽T衣帽。
他沒有再將帽子戴回去。
周信宇知道再過不久，這場雨就會結束。
就像多年來他走過的無數個黑夜，無論再怎麼漫長，天明還是會來臨。
當夜變得更深，表示黎明已經不遠了。

後記　走出長夜

將幾篇小故事集結起來，變成一個完整的故事，是我一直想嘗試的題材之一。與過去的純愛小說有些不同，《長夜》對我來說，雖然也是純愛，但卻是很難看見光明的愛情。整體來看，四個人的故事，都沒有讀者想看到的美好結局，就算每一個角色曾經幸福過，最終卻誰也無法牽著自己深愛的人走到最後。

會想寫這個故事的動機很簡單，除了是自己喜歡的題材之外，加上讀完了蔣勳的《孤獨六講》，對於創作也有了更爲深刻的想法，所以無論如何，我都想將這個故事寫下來。

《長夜》可以說是寫給我自己一個人看的故事，在寫作的時候，我並不確定那些熟悉我過往作品的讀者，是否會接受像這樣的故事風格。但這從來就不是我煩惱的問題，既然是寫給自己的故事，無論讀者是否接受，我還是會按照自己的心意把它完成，再自己印成書收藏。這是起初動筆時就有的念頭，那時候我並未想過《長夜》會有出版的機會。

因此，我眞的很感謝ＰＯＰＯ總編，願意給這個故事一個機會。

謝謝在ＰＯＰＯ原創連載《長夜》的時候，爲我留言打氣的讀者朋友。

當我知道你們喜歡這個故事時，眞的感到很開心，也覺得很欣慰。

雖然在修改《長夜》的過程中，可能是受到劇情的影響，那時的心情不是很美麗，不過等到眞正完成之後，卻有一種豁然開朗，甚至跟著信宇一起走出長夜的感覺。

這次的故事結束後，我並沒有打下「全文完」三個字，因爲我想爲這個故事保留一些想像空間。若有讀者在讀完之後想再重看一次，更仔細地感受每個角色的內心感受，我會覺得很高興的。

謝謝馥蔓，謝謝湘潤，謝謝POPO原創。

謝謝一路支持我的小平凡，還有家人。

我愛你們。

晨羽

城邦原創 長期徵稿

題材

(1) 愛情：校園愛情、都會愛情、古代言情等，非羅曼史，八萬字以上，需完結。
(2) 奇幻/玄幻：八萬字以上，單本或系列作皆可；若是系列作，請至少完稿一集以上，並附上分集大綱。

如何投稿

電子檔格式投稿（請盡量選擇此形式投稿）

(1) 請寄至客服信箱service@popo.tw，信件標題寫明：【投稿城邦原創實體書出版／作品名稱／真實姓名】（例：投稿城邦原創實體書出版／愛情這件事／徐大仁）
(2) 稿件存成word檔，其他格式（網址連結、PDF檔、txt檔、直接貼文於信件中等）恕不受理；並請使用正確全形標點符號。
(3) 請附上真實姓名、性別、聯絡電話、email、POPO原創網會員帳號、作者簡介與出版經歷。
(4) 請加入POPO原創市集(www.popo.tw/index)申請成為作家會員，並將投稿作品公開放上該網站至少4萬字，若想全文公開也可以。

紙本投稿

(1) 投稿地址：10483台北市民生東路二段149號6樓A室
城邦原創實體出版部收
(2) 請以A4紙列印稿件，不收手寫稿件。
(3) 請附上真實姓名、性別、聯絡電話、email、POPO原創網會員帳號、作者簡介與出版經歷。
(4) 請自行留存底稿，恕不退稿。
(5) 請加入POPO原創市集(www.popo.tw/index)申請成為作家會員，並將投稿作品公開放上該網站至少4萬字，若想全文公開也可以。

審稿與回覆

(1) 收到稿件後，約需2-3個月審稿時間，請耐心等候通知。若通過審稿，編輯部將以email回覆並洽談合作事宜，如未過稿，恕不另行通知。
(2) 由於來稿眾多，若投稿未過，請恕無法一一說明原因或給予寫作建議。
(3) 若欲詢問審稿進度，請來信至投稿信箱，請勿透過電話、部落格、粉絲團詢問。

其他注意事項

(1) 請勿抄襲他人作品。
(2) 請確認投稿作品的實體與電子版權都在您的手上。
(3) 如果您的作品在敝公司的徵稿類型之外，仍然可以投稿，只是過稿機率相對較低。

國家圖書館出版品預行編目資料

長夜 / 晨羽著 . -- 初版 . -- 臺北市；城邦原創 , 2016.01

面；公分 . --（戀小說；53）

ISBN 978-986-92469-3-4（平裝）

857.7 104026561

長夜

作　　者／晨羽
企畫選書／楊馥蔓
責任編輯／楊馥蔓、胡湘潤

行銷業務／林政杰
總 編 輯／楊馥蔓
總 經 理／伍文翠
發 行 人／何飛鵬
法律顧問／元禾法律事務所　王子文律師
出　　版／城邦原創股份有限公司
台北市中山區民生東路二段 141 號 6 樓
電話：(02) 2509-5506　傳眞：(02) 2500-1933
E-mail：service@popo.tw
發　　行／英屬蓋曼群島商家庭傳媒股份有限公司城邦分公司
聯絡地址：台北市中山區民生東路二段 141 號 11 樓
書虫客服服務專線：(02) 25007718・(02) 25007719
24小時傳眞服務：(02) 25001990・(02) 25001991
服務時間：週一至週五 09:30-12:00・13:30-17:00
郵撥帳號：19863813　戶名：書虫股份有限公司
讀者服務信箱 email：service@readingclub.com.tw
城邦讀書花園網址：www.cite.com.tw
香港發行所／城邦（香港）出版集團有限公司
地址：香港九龍九龍城土瓜灣道86號順聯工業大廈6樓A室
email：hkcite@biznetvigator.com
電話：(852) 25086231　傳眞：(852) 25789337
馬新發行所／城邦（馬新）出版集團 Cité(M)Sdn. Bhd.
41, Jalan Radin Anum, Bandar Baru Sri Petaling,
57000 Kuala Lumpur, Malaysia.
電話：(603) 90563833　傳眞：(603) 90576622
email:services@cite.my

封面設計／黃聖文
印　　刷／漾格科技股份有限公司
電腦排版／陳瑜安
經 銷 商／聯合發行股份有限公司
電話：(02)2917-8022　傳眞：(02)2911-0053

■ 2016 年 1 月初版
■ 2023 年 12 月初版 17 刷
Printed in Taiwan

定價 / 250元

ISBN 978-986-92469-3-4

POPO城邦原創 www.popo.tw
城邦讀書花園 www.cite.com.tw